誰共我醉明月

郑培凯 著

隱廬自署

ZHEJIANG UNIVERSITY PRESS
浙江大学出版社

图书在版编目(CIP)数据

谁共我醉明月 / 郑培凯著. —杭州：浙江大学出版社，2019.5

ISBN 978-7-308-19071-8

Ⅰ.①谁… Ⅱ.①郑… Ⅲ.①散文集—中国—当代 Ⅳ.①I267

中国版本图书馆 CIP 数据核字（2019）第 067267 号

谁共我醉明月

郑培凯　著

封面题字	郑培凯
友情策划	姜爱军
责任编辑	罗人智　闻晓虹
责任校对	杨利军　沈　倩
封面设计	周　灵
出版发行	浙江大学出版社
	（杭州市天目山路 148 号　邮政编码 310007）
	（网址：http://www.zjupress.com）
排　　版	杭州林智广告有限公司
印　　刷	杭州钱江彩色印务有限公司
开　　本	880mm×1230mm　1/32
印　　张	10
字　　数	200 千
版 印 次	2019 年 5 月第 1 版　2019 年 5 月第 1 次印刷
书　　号	ISBN 978-7-308-19071-8
定　　价	52.00 元

目　录

甲编　诗词歌赋吾家事

乙编　陶渊明与文徵明

丙编　品茗与听曲

丁编　湖山信是神州美

戊编　生也有涯知无涯

甲编

诗词歌赋吾家事

雅与俗之间

汉代的赋，在中国文学史上是很有特色的。 刘勰的《文心雕龙》说赋的特性，是"铺采摛文，体物写志"，也就是长于铺陈事物，用夸张的笔墨形容物体。

一般而言，汉赋文辞华美堆砌，多用不常见的字，令读者感到深奥艰难。 如司马相如的《上林赋》、班固的《两都赋》，有些段落就像辞典中的《难字表》，难以卒读。

1993 年，在连云港市东海县尹湾村发掘的汉墓中，发现了竹简《神乌赋》。 这篇赋不见文献记载，是过去完全不知道的一篇汉代作品。 风格也与我们熟知的"铺采摛文"大不相同，用词浅近通俗，而且以叙述故事为主。 有些学者指出，《神乌赋》是寓言文学；也有人称之为"白话赋"，还有人干脆称之为"民间文学"。

不管《神乌赋》从内容与文字风格上如何归类，它确确实实是篇汉赋，而且是篇通俗的赋，与我们过去所知的汉赋性质不大相同。 所以，我们只能修正对汉赋的看法，承认汉代还有"俗赋"，而且不可能只有这一篇。

可能的情况是什么呢？ 是大文士如司马相如、班固、张衡，写着典丽华藻的"雅赋"，声名赫赫，有所传承。 小文人也不甘寂寞，运思遣词，写出《神乌赋》一类的作品，只是不登大雅之堂，文献不载，后世就不知道了。

《神乌赋》的作者是谁，现在已经难以推断，但总是西汉的小文人。 是属于社会底层的呢，还是官吏呢？ 写《神乌赋》是否只是偶一为之的游戏笔墨，也无从得知了。

可以得知的是，文化总是多元的，连汉赋也不例外。

啊呀也是诗

总是有人批评现代诗，说用字太俗，太白话，不够典雅。批评者心目中早有了先入为主的观念，有了一个清楚的典范，那就是古典诗词的修辞，平仄对仗的规律。

其实，诗律是总结诗体的规律，是个概律，并不是诗的本质。古人写诗，用字粗俗的不少，有些尚且成为千古不朽的诗篇。

古乐府《上邪》，一开头就是"上邪"两个字，也就是"天啊"，真是再俗也不过。汉铙歌十八曲中《有所思》，写情郎变心引起的愤慨，结尾用了感叹词"妃呼豨"。现代人读古乐府，只觉得艰涩古朴，却没想"妃呼豨"是表示感叹的声音，也就是相当于"啊呀呀""呜呼呼"之类的。

假如说古乐府是民歌，"啊呀""呜呼"是记载民间质朴的感情，与真正的诗歌创作不同，不是大诗人的手笔，那么，杜甫的名诗《茅屋为秋风所破歌》怎么算呢？这首诗流传千古，诗的结尾："安得广厦千万间，大庇天下寒士俱欢颜，风雨不动安如山。呜呼！何时眼前突兀见此屋，吾庐独破受冻死亦足。"难道杜甫的"呜呼"与老百姓的"呜呼"不同？也有诗的本质的差别吗？

也不只是杜甫。李白的《蜀道难》，一开头就是"噫吁嚱！危乎高哉！"有人说"噫吁嚱"是四川的方音，也就是用方言写"啊呀呀"，那就要比普通话的"啊呀呀"更俗了。四川眉山人苏东坡的《后赤壁赋》，也用了"呜呼噫嘻"，或许可以作为方言感叹的佐证。

李白、杜甫、苏轼，都在诗文中呜呼啊呀过，而且都是千古名篇，所以，用字俗白，也不一定坏。

读《诗经》

　　一对男女睡在被窝里，恩恩爱爱。

　　女的说："鸡叫了，该起床了。"

　　男的说："天还没亮呢，等一会儿。"

　　"你起来看看天色，启明星已灿烂在天边了。"

　　"鸟群都要翱翔飞动了，是该起来去射野鸭、打大雁了。"

　　"射到了鸟，我就做成好菜。好菜好酒，跟你过一辈子。你弹琴，我鼓瑟，日子多么美好。"

　　这可不是肥皂剧的台词，而是《诗经·郑风》里的一篇《女曰鸡鸣》："女曰鸡鸣，士曰昧旦。 子兴视夜，明星有烂。 将翱将翔，弋凫与雁。 弋言加之，与子宜之。 宜言饮酒，与子偕老。 琴瑟在御，莫不静好。"

　　没读过《诗经》的，大概总以为这种经典一定枯燥无味，讲一堆道德修养，如何做人、孝敬父母、忠党爱国之类。 其实，并不然。《诗经》大部分都是讲日常生活的，特别是《国风》，生动反映了两三千年前各阶层的起居生活及喜怒哀乐，读来十分亲切。 像这首《女曰鸡鸣》，就是典型的例子。

　　读《诗经》，先读白文，千万不要先读汉唐学者的诠释与引申，否则一旦陷入他们所设的"微言大义"圈套，可就万劫不复了。《毛诗序》说这首诗："刺不说（悦）德也。 陈古义，以刺今不说德而好色也。"郑玄笺："德谓士大夫宾客有德者。"孔颖达疏："以庄公之时，朝廷之士不悦有德之君子，故作此诗，陈古之贤士好德不好色之义，以刺今之朝廷之人，有不悦宾客有德而爱好美色者也。《经》之所陈，皆是古士之义，好德不好色之事。"

朱熹的解释，稍微好一点，没搬出"朝廷之士"："此诗人述贤夫妇相警戒之词。"但还是强调劝诫向德之义，读来大义凛然。

读《诗经》，最好就是读"文本"，先别去管古人那些高头讲章。

中学读《诗经》

《诗经·郑风》有一篇《将仲子》，有趣极了，是少女的口吻，求她心爱的"二哥"（仲子），稍微收敛一点，不要让人发现他们的私情，使她难以做人。这首诗分三段，反复咏唱，是典型的民歌形式：

> 将仲子兮，无逾我里，无折我树杞。岂敢爱之？畏我父母。仲可怀也，父母之言亦可畏也。

> 将仲子兮，无逾我墙，无折我树桑。岂敢爱之？畏我诸兄。仲可怀也，诸兄之言亦可畏也。

> 将仲子兮，无逾我园，无折我树檀。岂敢爱之？畏人之多言。仲可怀也，人之多言亦可畏也。

这首两三千年前的民歌，不但容易读，而且很有现实意义，与当前少男少女面临的感情问题与处境十分相近。那怀春的少女对"仲子"的爱恋，是如此强烈，但又怕家人的指责、邻居的闲话，只好求求仲子，不要在她家附近出没，引得她心神不宁，魂不守舍。

我觉得这首诗应当选入初中的语文课本，让少男少女读读，让他们了解两三千年前的少男少女也有同样的苦恼与困惑，让他们了解《诗经》的吟咏与他们的心灵是契合的，让他们了解原来读古书不是读死掉的、发霉的断烂朝报，而是读自己的心曲。

假如中学老师觉得《诗经》用字太古雅，学生看不懂，那就先译成白话说一遍，很容易懂的。此诗第一段是："我的二哥呀，我求求你（将），不要跨进我家屋村，不要折我家柳树。　不是我爱惜柳树，是怕我父母知道。　我想念二哥，也怕父母说我。"第二段重复此意，求仲子不要爬过墙，不要折桑树，因为怕几个哥哥指责。　第三段求仲子不要跨进后园，不要折檀树，因为怕邻居的闲言闲语。

若有学者跳出来，说《毛诗序》认为诗旨是"刺庄公也。不胜其母以害其弟"。　别去管他，那是上大学以后的学问，中学生不必知道。

仲子是男是女？

我曾说《诗经·郑风》中的《将仲子》一篇，可以作为中学读物，因为其中描写少女情窦初开，想见情郎，又怕父母兄长干涉，还怕邻里指点的情态，写得入情入理，栩栩如生。与今日少男少女成长过程所遭遇的心理挫折，颇有相通之处，必能引起共鸣。

"将仲子"这个"将"字，是发语词，可以勉强译作"啊""哦""你呀""嗨呀"，多少带点乞求、希望的口气。"仲子"是老二，就勉强可译作"二哥"，用北方乡下的语气来说，可以用来指哥哥妹妹昵称的情郎。所以，"将仲子兮"，可以解作"我的二哥呀"，带点恳求的口气。

有读者来信，说"仲子"不是男的，是女的，因此，通篇不能作为描写少女心态的篇章。这篇诗章，是尹吉甫向仲氏求婚期间写的，因此，"仲子"是女性，有李辰冬《诗经通释》的研究为证。

李辰冬的研究，基本上是《诗经》猜谜，我们暂且搁下，以后再谈。这里仅就诗文的内证，也就是内在逻辑，来看看"仲子"是男是女。

假如照李辰冬的索隐猜谜解法，仲子是女的，那么这篇诗译成语体文，就是：我的二妹妹呀，别走进我家屋村，别折我家杞树，岂是我爱惜杞树呢，是怕我父母。心里想着二妹妹，可是父母说话，我也怕啊。二妹妹呀，别爬过我家墙头，别折我家桑树，岂是我爱惜桑树呢，是怕我兄长。心里想着二妹妹，可是兄长说话，我也怕啊。二妹妹呀，别跨进我家后园，别折我家檀树，岂是我爱惜檀树呢，是怕别人。 心里想着二妹妹，可是别人讲话，我也怕啊。

男子畏头缩脑，东怕西怕，少女则胆大泼辣，又爬墙，又折树，像话吗？ 写的周代少女，完全没有羞态，没有顾忌，比《儿女英雄传》里的十三妹还要豪放不羁，可能吗？ 当然有人会说，天下之大，没有不可能的事。 可是，文学作品可以流传，可以不朽，总是因其相对的普遍性，而非不合情理的情态与现象。

硬要说仲子是女的，周代就是有这么一个天不怕、地不怕的少女，追求她心爱的男子，又爬墙，又折树，把男子吓得躲在屋里不敢出去，只好恳求她不要如此张扬，如此嚣张，我们也没办法，只好问证据何在？

没有证据，还要坚持说不通的怪论；不合情理，还要坚持天下就是有不合情理的情况。 我们也只能说，聊备一说，恕不从命。

古诗难懂吗

最近偶遇一位中文系的毕业生，问他专攻哪一方面，答曰通俗小说，还告诉我，毕业论文写的是孙悟空的性格。我因为好奇，就问他是否也研读古典诗词。回答却出乎我的意料，说诗词太难了，唐诗宋词勉强应付，古诗实在难懂，因此，没读。

中文系毕业，没读过唐宋以前的古诗？套句现代青年的用语，"太夸张了吧"？

问题是，古诗真的难懂吗？

暂且不说《诗经》《楚辞》，说说汉代的诗吧。许多诗都质朴可诵，而且充满了人生感怀，令人千载之下仍有共鸣。难读难懂吗？却也未必。

刘邦的《大风歌》只有三句："大风起兮云飞扬，威加海内兮归故乡，安得猛士兮守四方。"可以译成语体文："大风起啊云飞扬，威震天下啊回家乡，何来勇士啊守四方。"不要说老妪都解，幼儿园的孩子也懂的。关键是在那个"兮"字，是古人的用法，讲解一下就清楚了。

再如秦嘉《赠妇诗》之一："人生譬朝露，居世多屯蹇。忧艰常早至，欢会常苦晚。……"可以译成："人生如朝露，活着多艰难。困苦常早来，欢乐总是晚。"上幼儿园的大概听不懂，上初中的总可以懂了。难懂的字与词，是古人用法，很容易讲解的。"譬"就是"如"，"居世"是活在世上，"屯蹇"是艰难困顿，等等。总比学外语容易吧？

难懂的其实不是古字古词，是诗中表达的感情思想，是朴质的字句蕴含的深刻人生体验。这首诗的结尾，写秦嘉与妻子分离，日思夜想："长夜不能眠，伏枕独辗转。忧来如循环，匪席不可卷。"这两句是说，忧思绵绵，循环不止，却又不能像床铺上的席子，可以卷起来搁置在一边。

秦嘉这首诗缠绵悱恻，当然是好，结尾的隐喻尤其好。难懂吗？对没有人生历验的年轻人来说，也许难懂。

鸟鸣山更幽

诗人观察自然，时有出人意表的体会。说"万籁俱寂"，本来已是寂静的极限，一丝声响也没有，还能如何再说呢？

南朝诗人王籍有办法，《入若耶溪》一诗有句："蝉噪林逾静，鸟鸣山更幽。"是以万籁俱寂为背景，突然有蝉噪或鸟鸣来打破静态的沉寂，于是孤立无援的动响就突出了整体的寂静，使得毫无气息的幽静背景，像凝聚了闪亮灯光的浮雕，生动地展现在我们眼前。

这种寓静于动的修辞手法，受到当时文坛的推重。颜之推在《颜氏家训》中，就说这两句诗"江南以为文外独绝，物无异议"。

"晚年惟好静"的王维，对幽静的境界更是深有体会。他的诗句如"古木无人径，深山何处钟""明月松间照，清泉石上流"，都揭示了声响衬出岑寂的奥妙。《鸟鸣涧》一诗更是显著："人闲桂花落，夜静春山空。月出惊山鸟，时鸣春涧中。"自然一片寂静，诗人的心境也是一片宁静，只有鸟鸣衬出这样空灵幽远的境界。

常建的《题破山寺后禅院》，经常被人引用的是颔联"曲径通幽处，禅房花木深"，或是颈联"山光悦鸟性，潭影空人心"，说是象征了悟道的过程。然而，其结末二句"万籁此俱寂，但余钟磬音"，才是禅悟的体现。钟磬之声已经不是声音，而是万籁俱寂时本来面目展现的禅机。

因此，贾岛为了"鸟宿池边树，僧推月下门"二句，不知该用"推"还是"敲"，最后要韩愈来定夺，说"敲字佳",未免显示了贾岛的胸无玄机。 若是他熟读了上述的诗句,就不至于误闯韩愈的车驾仪仗,当然,也就少了一段诗坛典故了。

独钓寒江鱼

苏东坡曾说：郑谷的诗句"江上晚来堪画处，渔人披得一蓑归"，是"村学中诗"；而柳宗元的"千山鸟飞绝，万径人踪灭。孤舟蓑笠翁，独钓寒江雪"就显出境界之高，"人性有隔也哉。殆天所赋，不可及也已"。

也就是说，郑谷的天赋有限，属于三家村学究之类，与柳宗元是"有隔"的，根本不能比拟。郑谷的诗平淡无奇，白描一幅渔舟唱晚之景，勉强可读。不过，"人比人，气死人"，与柳宗元的《江雪》一比，优劣自分。

历代对《江雪》一诗评价极高，说其峭妙无比，独得天趣。俞陛云说得最清楚："空江风雪中，远望则鸟飞不到，近观则四无人踪，而独有扁舟渔夫，一竿在手，悠然于严风盛雪间。其天怀之淡定，风趣之静峭，子厚以短歌为之写照。"我们还可以再进一步指出，这是柳宗元眼里的寒江独钓，也是柳宗元心境的寒江独钓，眼前的图画是诗人心画的投影，写照的是诗人与自然融为一体的观照。

诗评家有时没看见诗人的投影，只看到了"孤舟蓑笠翁"，就有唐汝询在《唐诗解》中的问题："人绝，鸟稀，而披蓑之翁傲然独钓，非奇士耶？"甚至出现朱之荆（见《增订唐诗摘钞》）的疑问："寒江鱼伏，钓岂可得？此翁意不在鱼也。如可得鱼，钓岂独翁哉？"这是把渔翁看成姜太公了，纶丝垂钓，意不在鱼。居然还振振有词，说假如寒江有鱼，人人都去钓了，好像渔人都有王戎的"雅量"，不采道边苦李，是因为智慧超人。

古代的诗评家在天寒落雪之际，大概总是躲在家里围炉取暖，不会去调查寒江是否有鱼可钓，更不会知道还有"冰钓"之事。 也许就是因为这种无知的智慧，才会出现王祥卧冰求鲤之类的传说。 不过，我还是颇疑惑，古人到了寒冬，难道就不吃鱼了？ 若吃，难道不是渔翁钓来，是卧冰求来的？

幸好诗评家没有基本常识，否则说不定还会批评柳宗元的诗句，甚至改成"独钓寒江鱼"呢。

独钓寒江雪

柳宗元的《江雪》一诗，二十个字，千古独唱："千山鸟飞绝，万径人踪灭。 孤舟蓑笠翁，独钓寒江雪。"苏东坡举郑谷的诗句"江上晚来堪画处，渔人披得一蓑归"作比，说郑谷是三家村学究写诗，而柳宗元则是不可及的天才。

这首诗为什么好？ 好在哪里？

我们若用传统论诗技巧的词语"赋、比、兴"来探究，则郑谷的诗句平铺直叙，是赋，但柳宗元的诗比兴全无，何尝不是赋？ 然而，此赋非彼赋，有天壤之别，为什么？

《唐诗摘钞》有评："此等作真是诗中有画，不必更作寒江独钓图也。"柳宗元诗中有画，听起来比得上王维了，但郑谷何尝不是诗中也有画？ 然而，画也有高低，有的如涂鸦，有的臻妙境。 说诗有画境，那诗就一定好吗？ 就解释了好诗的好处吗？ 就明白"独钓寒江雪"比"渔人披得一蓑归"好在哪里吗？

司空图通说柳诗："味其深搜之致，亦深远矣。"苏东坡也指出，柳宗元"晚年诗极似陶渊明"，"发纤秾于简古，寄至味于澹泊"。 若是套用元好问称美陶渊明的诗句，就是"豪华落尽见真淳"了。 然而，柳宗元毕竟不是陶渊明，还有些欹奇清峭在，让我们看到了诗人性格孤高狷介的一面，看到了一种独来独往的特性。

《江雪》一诗，就展现了这种特殊的诗境，也就是诗人对宇宙、对自然、对人生处境的特殊观照，让我们通过他的内心世界，通过他独特的眼光，看到了一幅前所未见的诗画。 这就像我们观赏倪瓒的枯墨山水或龚贤的《千岩万壑图》一样，看到了画家的心灵境界。天地不再是纯粹外在的天地，天地可以是翱翔的沙鸥，江湖满地也可以只见一个渔翁。

没有艺术家，就没有艺术；没有好诗人，就没有好诗；没有柳宗元，就没有《江雪》。

王孙累不累

　　王维有一首绝句《山中送别》，短短二十个字，写出了有余不尽的诗情："山中相送罢，日暮掩柴扉。春草明年绿，王孙归不归？"与朋友分别，心中充满了离情，一种无奈的依依不舍，独自在日暮时分掩上了柴扉。好像是门掩幕落，已经终结了，可是心中余情不断，又投射到了明年春天，当春草再绿的时候，王孙归不归？

　　王孙不一定指的是贵族子弟，可以引申为出身与修养都好的公子，其实，这里指的是与自己相契的朋友。当然，若要追溯，也有出典。《楚辞·招隐士》："王孙游兮不归，春草生兮萋萋。"原来指的是屈原，希望屈原的精魄能够离开山林虎豹："王孙兮归来，山中兮不可以久留。"

　　这个"王孙归不归"与"春草生兮萋萋"，从汉代以来就构成了繁复的诗典情景，引人想到春天来时，芳草萋萋，远方的故人归不归呢？历代诗人引用这个情景典故，却时能别出心裁，有所变化，使得原来就已繁复的诗情，有了变化多端的联想层次。

　　谢灵运《登池上楼》，写自己独居无聊，在春天来临之际，想到了屈原："池塘生春草，园柳变鸣禽。祁祁伤豳歌，萋萋感楚吟。索居易永久，离群难处心。"到了王维，"楚吟"之典故就隐藏起来了，作为平铺直叙的展现。不必知道《楚辞》与谢灵运，一样可以读懂；知道典故，读来更觉丰富。

　　宋词中时常援引王孙春草，有时是实说别离，有时只是描写落寞心境。 如林逋《点绛唇》下半阕："又是离歌，一阕长亭暮。 王孙去，萋萋无数。 南北东西路。"再如梅尧臣《苏幕遮》："接长亭，迷远道。 堪怨王孙，不记归期早。"梅尧臣《少年游》也是这个主题，不过下半阕被王国维指为"隔"："谢家池上，江淹浦畔，吟魂与离魂。 那堪疏雨滴黄昏，更特地忆王孙。"也就是太仰仗用典；不懂得典故，诗就读不通。因此，隔了，不好。

　　我总是想，这个"王孙"，也不知道归不归，被人引来引去，累不累啊？

沉舟侧畔千帆过

在"文化大革命"期间，报刊上出现的批判文章，一般都是杀气腾腾，略输文采的。然而，写遵命文章的秀才偶尔也要展露一下自己的才华，便会引一两句诗文典故，表示也是满腹经纶，不输挨批斗的学术权威。最常引用的，当然是毛主席诗词，"一句顶一万句"嘛。用现代修辞学的说法，那叫"诉诸权威"，抬出无可"其实是不敢"争辩的"真理"。如"一唱雄鸡天下白""无限风光在险峰"之类，引用次数之多，已达天文数字。假如论诗人成就的标准，也像香港考核学术标准一样，以被人引用次数多寡来评定高低，则毛泽东毫无疑问是古往今来最伟大的诗人了。

古诗偶尔也得到革命派的青睐，刘禹锡的"沉舟侧畔千帆过，病树前头万木春"就是常见的名句。引用者一般是说，刘禹锡这首诗充满了革命斗志，以乐观向上的精神，超越了被历史淘汰的"沉舟"与"病树"，勇往直前。

引诗可以断章取义，或"反其意而用之"，不管原作的意旨；但解诗却不应当颠倒黑白，强加自己的批判意识给原作者。

刘禹锡这首诗，是他遭到贬谪二十三年之后，奉召回朝，在扬州见到老友白居易时，感慨自己半生坎坷所写的。全诗如下："巴山楚水凄凉地，二十三年弃置身。怀旧空吟闻笛赋，到乡翻似烂柯人。沉舟侧畔千帆过，病树前头万木春。今日听君歌一曲，暂凭杯酒长精神。"前两句说自己在巴山楚水漂泊了二十三年，处境凄凉。三、四两句说现在终于奉召回朝，但时光飞逝，如同隔世，怀念起死去的旧友，不禁惘然。"沉舟"与"病树"都是比喻自己，"千帆过"与"万木春"则是指别人飞黄腾达。 最后两句是谢谢白居易赠诗，暂时能借杯酒之欢提提精神。

　　革命派秀才以"沉舟"与"病树"指反动派，说革命群众是"千帆过""万木春"，还倒过来解释刘禹锡的昂扬斗志。固然说来可笑，却也有点"后现代"精神。

乌衣巷

　　南京秦淮河边，夫子庙对岸，有一条乌衣巷，即是东晋时期王、谢两大世族的居处。 多年前我第一次到南京，探访秦淮河一带老区，只见屋宇破败，粉墙早已呈现年久失修的暗灰色，一片肃杀景象。 在破落的房舍之间游荡了一阵，只觉得处身在历史的断垣残壁间，隐隐约约还有一层层时间尘封的凄苦。

　　我好像走进了历史断烂的迷宫。 突然，却在一条弯曲的小巷口，看到一块毫不起眼的路牌——"乌衣巷"。

　　这就是唐代刘禹锡感叹的乌衣巷吗？ 那狭隘弯曲的小巷，斑驳的墙皮，坎坷的路面，与王、谢名族贵胄怎么连得起来呢？ 刘禹锡的诗："朱雀桥边野草花，乌衣巷口夕阳斜。旧时王谢堂前燕，飞入寻常百姓家。"至少还有些繁华落尽的城郊野趣。 我在桥边却只看到野草与黯淡的苔藓，连朵野花的遗痕都没有。 我去的时间离夕阳还早，光线却有点惨白，也不知道是心理作祟，还是屋舍墙皮的黯淡折映出来的惨淡。

　　有人解释刘禹锡诗的后二句，说是王、谢两族到唐代已完全没落，旧宅虽然还在，燕子虽然还飞进飞出，住户或许仍是王、谢后人，但已经沦为寻常百姓了。 我看到的乌衣巷，却已败落到凄凉的地步，不要说南朝故宅了，连明清的宅院都没见到。 当然也没有燕子，没有可以栖迟之处了。 秋瑾有诗："燕儿去后无消息，寂寞当年王谢家。"好像是说燕子没了，故宅犹存，至少有个凭吊之所。 倒是陈忱说的"休说旧时王与谢，寻常百姓亦无家"和我所见的情景相近。

最近重访秦淮故区，眼前赫然一条宽广笔直新修的乌衣巷，夹杂在一片仿古的雕梁画栋之间，酒楼饭庄的旗帜飘摇，观光客蜂拥而至。

　　《宋书·谢弘微传》说，谢家子弟风格高标，包括谢灵运在内，"以文义赏会，尝共宴处，居在乌衣巷，故谓之乌衣之游"。

　　时光流转，现代的乌衣之游是属于观光客的。

白居易的青梅竹马

有一本白居易的传记，写他童年时代，父亲离家出外为官，"白居易始终随着母亲在新郑东郭宅，过着青梅竹马的快乐日子"。 这段话引起了我很大的兴趣，想知道白居易的"青梅竹马"，到底是怎么回事。

七查八查，什么也没查到。 这才开始怀疑，那位学者所谓的"青梅竹马"，恐怕只是指童年游嬉之乐，根本不是指两小无猜的"童年异性玩伴"。 也就是说，那位学者虽然有研究白居易的专业训练，却不会用"青梅竹马"这个简单的成语典故。

"青梅竹马"是大家常用的成语，典出李白的乐府《长干行》，《唐诗三百首》收录，因此，可谓家喻户晓："妾发初覆额，折花门前剧。 郎骑竹马来，绕床弄青梅。 同居长干里，两小无嫌猜。 十四为君妇，羞颜未尝开。 低头向暗壁，千唤不一回。 ……"

作为成语，其往往指童年时期有最要好的异性玩伴，并不涉及"十四为君妇"的后来发展。 因此，我们时常听人说起，"张太太是我的青梅竹马""李先生和我是青梅竹马""他们两个小时候是青梅竹马"之类。 意指的语境情况，早已约定俗成，是不会错的。 一定是指男孩与女孩，从小就特别要好，在一道玩耍。 至于成年以后，是否发展成情侣，以至结婚，就不相干了。

学者当然也可以辩解，说"郎骑竹马来，绕床弄青梅"，指男孩游嬉之乐，才是正解，可以描写白居易童年玩嬉之乐，不必牵扯到另外的女孩。

这就是诡辩了。假如可以不顾成语典故的约定俗成意指，完全无视文化语境，则"倾国倾城"也可解释成"使国家城池倾覆的人"，就与美丽的女人无关，隋炀帝、宋徽宗、史可法（扬州城）都可以算得上。那么，陈水扁闹的"搬石头"说法，也就可以辩解：石头可以指自己的党，搬石头就是搬自己，"搬石头砸自己的脚"就是搬自己砸自己的脚，其实是砸不到的，即使砸到了，也不痛。

自说自话，自己相信就好。

山苗与涧松

白居易写过一首《悲哉行》，开头写读书人十年寒窗，真是辛苦："悲哉为儒者，力学不知疲。 读书眼欲暗，秉笔手生胝。 十上方一第，成名常苦迟。 纵有宦达者，两鬓已成丝。 可怜少壮日，适在穷贱时。 丈夫老且病，焉用富贵为？"考了十次，才中一第。 即使取得功名，博得富贵，也已是一把年纪，没有精神体力来享受富贵了。 反观皇亲国戚或达官贵人的子弟："沉沉朱门宅，中有乳臭儿。 状貌如妇人，光明膏粱肌。 手不把书卷，身不摼戎衣。 二十袭封爵，门承勋戚资。 春来日日出，服御何轻肥。 朝从博徒饮，暮有倡楼期。 平封还酒债，堆金选蛾眉。 声色狗马外，其余一无知。"乳臭未干的年轻人，既不读书，也不习武，除了吃喝嫖赌、声色犬马，什么都不会，却养尊处优，日子快活无比。 世界是如此的不公平，让白居易深为感慨："山苗与涧松，地势随高卑。 古来无奈何，非独君伤悲。"

贵胄子弟是山上苗，毫无价值，却高高在上；饱学的读书人是涧底松，却处于深谷低地，位置卑下。 有才的，贫贱穷困；无知的，富贵尊荣。 没别的理由，只因家世不同，出身有别，"龙生龙，凤生凤，耗子生的会打洞"，实在是不公平。白居易的感慨，在充满讽喻的"新乐府"中，又再次表露。《涧底松》一诗，开头就是："有松百尺大十围，生在涧底寒且卑。"又说这么好的栋梁之材，世人却不知道，真是苍天没做好安排："谁谕苍苍造物意，但与之材不与地。"这种感慨，是对唐代人生现实的实际体会，与李白高歌"天生我材必有用，千金散尽还复来"的率真乐观态度截然不同。

　　白居易以山苗与涧松为喻，典出晋代左思的《咏史》："郁郁涧底松，离离山上苗。 以彼径寸茎，荫此百尺条。"可见魏晋以来讲求门第出身，遏抑寒门才俊，到唐代依然如此。 不过，到了现代，怀才不遇的人还是很多，读了当有共鸣。

马上弹枇杷

琵琶从西域传入中国，至晚在汉代已经流行，文献可征。在古代文人的心目中，这种弹拨乐器的叮叮咚咚与琤琤琮琮，带着无限的异域情调，引人遐思。王嫱下嫁匈奴，又有谁亲眼见到她在朔风中弹着琵琶，颠簸在坐骑上，慢慢隐入大漠的风沙呢？杜甫的《咏怀古迹五首》其三："千载琵琶作胡语，分明怨恨曲中论。"不但见到王昭君弹琵琶，还听到曲调作胡语，无限的哀怨。后世画昭君，舞台上表演昭君出塞（除了"临危受命"的曹禺），都是手抱琵琶，满脸哀怨，离开温馨的家园，翳入大漠风沙所代表的严酷寂寞与冰刀霜剑。好像琵琶是哀戚的化身，琤琤琮琮弹出来的都是女子的泣诉。

白居易的《琵琶行》当然加深了这种印象。琵琶女弹奏之时，"转轴拨弦三两声，未成曲调先有情。弦弦掩抑声声思，似诉平生不得意。低眉信手续续弹，说尽心中无限事"。琵琶声起，已经引得白居易无限感伤，后来知道了琵琶女的身世，更使得江州司马青衫泪湿。

其实，琵琶弹拨时一批一把，可以作胡语，也可以作汉语，可以发哀声，也可以发欢声，并不是代表哀戚的乐器。汉朝人还有不知道这是从胡地传来的，如应劭在《风俗通义》里说："批把，此近世乐家所作，不知谁也。以手批把，因以为名。"还以为是一种新发明的乐器，称作批把，是因为弹奏时一批一把（外拨、内拨）。《释名·释乐器》则知道这种木制乐器是胡人传来："枇杷，本出于胡中，马上所鼓也。推手前曰枇，引手却曰杷。"有趣的是，不称作琵琶，称枇杷。查查

《说文解字》，亦不见"琵琶"，可见汉朝人还没有"琵琶"二字，只称为批把，或枇杷。因此，王昭君假如真是弹着琵琶出塞，当时人有所记载的话，弹的不是琵琶，而是枇杷。

到了明清时候，也不知是哪一位才子，看人把琵琶写成枇杷，觉得写讹了，可笑，便作诗取笑："枇杷不是此琵琶，劝君莫要误了他。但使琵琶能结果，满城箫鼓尽开花。"才子洋洋得意，讽刺别人无学，却不知王昭君抱的不是琵琶，是枇杷。

懒起画蛾眉

宋代的笔记里说，唐宣宗喜欢"菩萨蛮"词牌，宰相令狐绹为了讨好皇帝，就请温庭筠代写了一批《菩萨蛮》，献给皇帝。宣宗高兴得很，就让宫女唱起来。有的学者认为，"小山重叠金明灭"一阕，也是宫中传唱之一。

我们无法知道唐宣宗是否真叫宫女唱了"小山重叠"，但从传世的十四首温庭筠《菩萨蛮》作品，可以看出主题一致，意象营造相互呼应，似乎是同一时期，为了特定的对象写的。夏承焘曾因温词的风格婉转隐约，而推测"他许多词是为宫廷、豪门娱乐而作，是写给宫廷、豪门里的歌妓唱的"。因此，"很自然地继承六朝宫体的传统"。假如这一批《菩萨蛮》的创作背景真如笔记所说，那么，便不只是继承六朝宫体的传统，根本就是宫体传统在唐代宫廷的具体展现了。

陈廷焯在《白雨斋词话》中说："飞卿词，全祖《离骚》，所以独绝千古。《菩萨蛮》《更漏子》诸阕，已臻绝诣，后来无能为继。"可以绍接屈原的《离骚》，空前绝后，无能为继，简直捧上天了。还说："所谓沉郁者，意在笔先，神余言外。写怨夫思妇之怀，寓孽子孤臣之感。凡交情之冷淡，身世之飘零，皆可于一草一木发之。而发之又必若隐若见，欲露不露，反复缠绵，终不许一语道破。匪独体格之高，亦见性情之厚。"发了一大通赞美的议论，然后举的第一个例子，就是《菩萨蛮》第一首，紧接着"小山重叠金明灭，鬓云欲度香腮雪"之后的两句："懒起画蛾眉，弄妆梳洗迟。"

早上慵懒无奈，不想起来面对新的一天，慢慢吞吞的，无心画眉，也没有情绪梳洗化妆。 两句诗描绘这样的情景，真如陈廷焯所说，"无限伤心，溢于言表"，因此，"此种词，第自写性情，不必求胜人，已成绝响"？ 真的这么了不起，独绝千古？

游国恩等人编的《中国文学史》论及这阕词，却十分不敬："他在词里把妇女的服饰写得如此华贵，容貌写得如此艳丽，体态写得如此娇弱，是为了适应那些唱词的宫妓的声口，也为了点缀当时没落王朝醉生梦死的生活。"真是诗无达诂。

画屏金鹧鸪

　　王国维在《人间词话》里说："画屏金鹧鸪，飞卿语也，其词品似之。"举的例句"画屏金鹧鸪"，是温庭筠（字飞卿）《更漏子》一词上半阕的末句。所谓"词品"，也就是词的品位、格调、意趣，是人格化的文艺风格整体呈现与感受，隐隐约约包含着创作者的创作意旨与境界。为什么可以用一句话来概括温庭筠的词呢？用一句话来概括一个诗人及其作品，是不是会"以偏概全"呢？

　　大概难免。但是，人的认识总要求概括、要求综合一切因素之后的最后结论，因此，在艺术体会上，引一句诗，以隐喻的手法总结艺术风格，也无可厚非。关键还在于说得好不好、恰当不恰当，是不是概括了最主要的方面，是不是八九不离十。有一二分的偏差，也就没办法了；总要留给专家学者那么一二分的余地，好让他们去皓首穷经，发挥学术研究的孜矻精神。

　　那么，王国维说得好不好呢？

　　让我们先来看看温庭筠这阕词："柳丝长，春雨细，花外漏声迢递。惊塞雁，起城乌，画屏金鹧鸪。　香雾薄，透帘幕，惆怅谢家池阁。红烛背，绣帘垂，梦长君不知。"是首好词，同时也是十分典型的飞卿词。

　　为什么典型呢？请看他使用的两大类意象：一是迷离的外景，柳丝、春雨，好像拍电影时镜头先摇出一种迷迷蒙蒙的背景，"花外漏声迢递"就像画外音或背景音乐，无限惆怅与凄凉。突然，"惊塞雁，起城乌"，然后镜头转到第二大类意象，即是藻丽的内景。

我们看到"画屏金鹧鸪"、红烛、绣帘，可以想象堆金砌玉的富贵人家内室，闲愁难以排遣。翻翻温庭筠的词，如《菩萨蛮》的"小山重叠金明灭""水精帘里颇黎枕"，都属这类典型。《旧唐书》说他"不修边幅，能逐弦吹之音，为侧艳之词"，大约也是妥切的概括。

用金漆画了鹧鸪的屏风，令人联想到富丽的艳情，或许就是飞卿词的主调吧。王国维的潜台词似乎是：词品不高。

小山重叠金明灭

温庭筠写过许多首调寄《菩萨蛮》的词，收在后人编的《花间集》中有十四首，流传了下来，其中最有名的是第一首，后世词学家经常举为温的代表作："小山重叠金明灭，鬓云欲度香腮雪。 懒起画蛾眉，弄妆梳洗迟。 照花前后镜，花面交相映。 新帖绣罗襦，双双金鹧鸪。"

这第一句"小山重叠金明灭"，就有些晦涩，不易理解。"小山"是什么，小小的山丘吗？ 还是重叠的。 是说层峦叠翠吗？"金明灭"怎么解？ 是金色的什么东西？"明灭"是指一明一灭，一亮一暗，光影交错吗？

一般讲解此阕，是把小山释作"屏山"，也就是饰有山水的屏风，可以是画屏，也可以是"绣屏"（唐圭璋如此说）。甚至可以说是床榻的围屏，或是画的山水，或是金线绣的山水。 这么一解释，则"金明灭"就是金色画屏因光影映照而一明一暗，或是绣金的画屏闪烁生辉。

夏承焘解释这一句，别有新意，说"小山"是指眉毛，因为唐明皇曾造出过十种女子画眉的式样，有远山眉、三峰眉等等，小山眉是十种眉样之一。 因此，"小山重叠"是指眉晕褪色。"金"指的是金黄色的饰料，即额黄，是六朝以来妇女化妆的习尚。 这一整句就可解作：女子的眉晕褪了色，额黄也因睡觉弄得凌乱，有明有暗。 配合下一句说的"鬓云欲度香腮雪"（鬓发缭乱，飘散过雪白的香腮），好像十分妥帖，描绘了仕女起床的娇慵之态，宿妆已残，鬓丝缭乱。

俞平伯却说，这样解释其实不通，因为"小山"是"重叠"的，眉晕怎么个重叠法？ 眉晕褪色可以写成"小山重叠"吗？ 我们若循着俞平伯辩驳的理路，再追问下去，就可指出贴金与涂饰额黄，是两种不同的化妆方法。 描绘宿妆残乱，会用"金明灭"吗？ 到底是形容什么样的情态？

夏承焘曾说温词"密而隐"，和李商隐的诗一样，不好解。 这一句"小山重叠金明灭"，就是最好的例证。

"菩萨蛮"

"菩萨蛮"是词牌名，上片四句二十四字，句法为七七五五，下片四句二十字，每句五字。押韵颇有变化，为AABBCCDD，或AABBAACC，上片由仄换平，下片再换仄转平。这种词谱的规定，当然是配合曲调，以便唱诵之故。那么，"菩萨蛮"的曲调是哪里来的呢？

请再念一遍，"菩萨蛮"，是不是有着异国情调？假如现代中国人体会不出这三个字的异域风味，想想在一千多年前的唐朝，菩萨是梵文 Bodhisattva 的译音，是印度经西域传来的新词新观念，"蛮"嘛，更不用说了，当然与蛮夷、蛮荒、辽远陌生的异域有关。没错，菩萨蛮的曲调是外国传来的，是西域传到中土的胡曲，是"西洋"流行歌曲。

唐代苏鹗的《杜阳杂编》说："大中初（大约是公元850年稍前），女蛮国贡……其国人危髻金冠，璎珞被体，号菩萨蛮。当时倡优遂制《菩萨蛮》曲，文士亦往往声其词。"写的是西域来的外国女子，梳着高耸的发髻，戴着金冠，身上披着璎珞项链等饰物，像麦当娜一样令人想入非非，就是"菩萨蛮"了。说当时宫中的倡优"制作"了此曲，大概不是实况，而应当是倡优们"应制"编曲演唱西洋流行歌曲，以娱皇上。

这个皇上就是特别爱听"菩萨蛮"的唐宣宗。据说宰相令狐绹为了拍马屁，特别请温庭筠代填了二十阕词，其中就有脍炙人口的"小山重叠金明灭"，也因此，这个词牌还有异名"重叠金"。

根据唐宋的笔记资料，有学者指出，"菩萨蛮"是唐宣宗大中初期传入中国的。 这一考证，就惹出了大麻烦。 那么，李白的《菩萨蛮》词是怎么回事呢？"平林漠漠烟如织，寒山一带伤心碧。 暝色入高楼，有人楼上愁。 玉阶空伫立，宿鸟归飞急。 何处是归程？ 长亭连（一作更）短亭。"这么凄迷美妙的诗句，难道不是李白写的，难道是后人伪作的？

陆侃如、冯沅君写的《中国诗史》就说是伪诗，因为李白生活的时代"菩萨蛮"一曲还没传入中国。 真的吗？ 请听下回分解。

李白的《菩萨蛮》

　　词学家讨论词的起源，经常要面临一个问题：传为李白作的一阕《菩萨蛮》，究竟是不是李白写的？假如是，那么，词的起源当然不晚于李白。何况这阕词的艺术技巧已经十分成熟，若是李白所作，则填词之道在盛唐时期已经颇有可观。假如这阕词是后人伪作，则陈廷焯在《白雨斋词话》里说的"词中鼻祖"，就成了无根游谈了。

　　说是伪作的，认为词起源于中唐，"菩萨蛮"曲调传入中国是在唐宣宗年间，《杜阳杂编》及其他笔记资料记载得很明确，因此，在这之前一百多年的李白不可能倚调作词。胡应麟《少室山房笔丛》就是这个论点，同时还说："太白在当时，直以风雅自任，即近体盛行七言律，鄙不肯为，宁屑事此？且二词（《菩萨蛮》与《忆秦娥》）虽工丽，而气衰飒，于太白超然之致，不啻穹壤。借令真出青莲，必不作如是语。详其意调，绝类温方城辈，盖晚唐人词，嫁名太白。"就是说李白的格调很高，连近体七言律诗都不屑作，怎么可能写低级的词呢？一定是晚唐人，温庭筠那一类等级的人伪作的。

　　况周颐《蕙风词话》反驳说，崔令钦的《教坊记》已载有《菩萨蛮》曲调，而崔令钦是开元时期的人，与李白是同一个时代的。何况"平林漠漠烟如织，寒山一带伤心碧……"是多么好的诗句！胡应麟居然昧着良心说是伪作，试问谁作得出来？谁敢冒充李白？

　　再争论下去，简直要卷起袖子打架了。

　　近代学者也争论不休。胡适、陆侃如、詹锳、施蛰存都认为是伪作；唐圭璋、任二北、夏承焘、龙榆生、杨宪益则认为是真。缠讼不休，使得许多写文学史的视之为畏途，只好说"真伪尚难定论，学界有不同意见"。王力主编的大学教科书《古代汉语》倒是有个解决的方法，录了这首词，在注解中说明或许不是李白作的，但可以代表早期的词。俞平伯的《唐宋词选释》也采用此法，列在李白名下，并未明确指其是伪作。

花面交相映

温庭筠《菩萨蛮》(小山重叠金明灭)的下半阕是:"照花前后镜,花面交相映。新帖绣罗襦,双双金鹧鸪。"俞平伯认为前面这两句写得很好,既简洁又贴切。没错,这两句的确写得好,"照花前后镜"不是说前后有两面镜子,而是生动描绘了美人头上簪了花饰,在镜前自我欣赏怜爱的情景,愈看愈觉得美丽的花朵与娇艳的容貌相映生辉,前前后后,看来看去。真像纳西索斯在水边看到了自己的绝代风采,不忍遽去,最后在水滨生了根,化成了水仙。

俞平伯说这两句好,不禁令我联想到汤显祖《牡丹亭》中"惊梦"一折的开头。那情景是写杜丽娘小姐早上起来,宿妆仍残,有着少女莫名的闷怀,"剪不断,理还乱,闷无端"。

看看汤显祖是怎么写杜小姐梳妆的:"袅晴丝吹来闲庭院,摇漾春如线。停半晌,整花钿。没揣菱花,偷人半面,迤逗的彩云偏。步香闺怎便把全身现。"阳光轻轻柔柔,闪闪烁烁,在微风中袅袅飘荡过安闲的庭院,摇漾着如丝似缕的春意。这段背景描绘颇似温庭筠的"小山重叠金明灭",只是温写的是比较封闭的香闺,而汤显祖笔下的庭院比较开阔,有着更多的阳光、微风与春天的气息。"照花前后镜,花面交相映",在汤的笔下就变得更为生动,而且多了戏剧化的动作与心理层次。杜丽娘在菱花镜前看一看、停一停,整整"艳晶晶花簪八宝填",不禁自我陶醉了。蓦然感到菱花镜好像是个人,偷窥她在梳妆,在镜中偷摄了她的美貌,而且挑逗她的云鬓秀发,连梳好的发髻都偏了。这里有着更多少女怀春的娇美情态，呈现的手法也细腻得多。

俞平伯是拍曲名家，尤爱汤显祖的《牡丹亭》。 他特别赞赏温庭筠的两句词，是不是下意识中有着杜丽娘梳妆的影子呢？

且不去猜前辈学人解释古典诗词的心理过程，因为牵扯到诠释学的认知与体会问题，说来话长。 我只想建议，去看看昆曲《惊梦》的演出吧，有助于体会古诗词的。

干卿何事

　　五代时期南唐诗人冯延巳，有一阕《谒金门》词："风乍起，吹皱一池春水。 闲引鸳鸯香径里，手挼红杏蕊。　　斗鸭阑干独倚，碧玉搔头斜坠。 终日望君君不至，举头闻鹊喜。"这首词并非冯延巳最好的作品，但开头两句大概是最为脍炙人口的，那是因为一则轶事的缘故。

　　冯延巳在南唐中主李璟在朝时，身为宰相。 皇帝看到他这首词，曾经戏谑说："吹皱一池春水，干卿何事?"这个典故后来甚至进了日常用语，"吹皱一池春水"变成一句歇后语，凡是说到与某人不相干的事体，都可以引这么一句诗。

　　李璟本人也是诗人，有名句如"细雨梦回鸡塞远，小楼吹彻玉笙寒"。 王国维在《人间词话》中，特别标出他的"菡萏香销翠叶残，西风愁起绿波间"，以为"大有众芳芜秽，美人迟暮之感"，在意境的构筑上是超越"细雨"那两句的。

　　再回到"干卿何事"的轶事。 冯延巳听到皇帝的戏谑，回答说，我这一句，哪里比得上皇上的"小楼吹彻玉笙寒"呢? 结果当然是马屁拍得好，龙颜大悦。

　　且不管冯延巳的审美眼光是不是不如王国维，他跟皇帝互开玩笑，说的却是诗词构筑意境的问题，而且还颇有点禅趣。冯延巳的词，写的是眼前的景，旨意却是心中的情，以景带情，层层深入，引出"终日望君君不至，举头闻鹊喜"的痴情等待心境。 皇帝故意调笑，断章取义，说风吹皱了一池春水，与你有什么相干? 故意把情与景打成两截，故意抹去了文艺创作"说此指彼"的隐喻与象征手法，只说眼前的即景叙事。

冯延巳很聪明，对待的方法颇似禅宗的机锋，把皇帝的诗句拖下水，也就是说，"小楼吹彻玉笙寒"又干你皇帝何事？艺术的创作与意境的构筑，本来就与世俗世界无干，与作家的俗世需求无关。因此，"干卿何事"问得好，冯延巳回答得也好，因为美的追求本来就没有其他功利的目的。

"渔家傲"

　　宋词有"渔家傲"这一词牌，据说是晏殊所创，因为他的词中有"神仙一曲渔家傲"，就以之作为词调之名。全首上下两片，如下："画鼓声中昏又晓，时光只解催人老。求得浅欢风日好，齐揭调，神仙一曲渔家傲。　　绿水悠悠天杳杳，浮生岂得长年少？莫惜醉来开口笑，须信道，人间万事何时了！"晏殊虽然创了词调，还一共写了十四首，但最孚盛名、为人反复吟咏的《渔家傲》，却是范仲淹写秋思的一首："塞下秋来风景异，衡阳雁去无留意。四面边声连角起，千嶂里，长烟落日孤城闭。　　浊酒一杯家万里，燕然未勒归无计。羌管悠悠霜满地，人不寐，将军白发征夫泪。"写边塞秋思，战争在继续，将士还不知道何时才能归返家乡。彭孙遹的《金粟词话》说结末一句，"苍凉悲壮，慷慨生哀"。王国维《人间词话》则以这首词的境界比拟李白"西风残照，汉家陵阙"，虽稍逊亦不在远。

　　"渔家傲"词牌共六十二字，上下片各三十一字。如果把每一片的第四句那三个字除掉，就成了各为四句的七言仄韵诗。加上三个字，则韵律变化跌宕有致，节奏繁复一些，唱起来好听。

　　近读黄苗子的《无梦盦流水账》，其中记启功因骨质增生，医生给他戴上塑胶脖套，以防意外。启功先生写了这么一首"渔家傲"：

　　　　痼疾多年除不掉，灵丹妙药全无效，可恨老年成病号。

不是泡，谁拿性命开玩笑！

　　牵引颈椎新上吊，又加硬领脖间套，是否病魔还会闹？天知道，今朝且唱"渔家傲"。

虽是打油之作，却在幽默之中带着无限爽朗乐观，生机盎然。古人经常无病呻吟，启功却有病欢笑。

也许将来学古典诗词，讲到词牌"渔家傲"时，可以用启功的一首为例，学生也会感到有趣的。

此西湖非彼西湖

欧阳修（1007—1072）是北宋中期的名臣及大文学家，他有这么一首咏西湖的诗："菡萏香清画舸浮，使君宁复忆扬州。 都将二十四桥月，换得西湖十顷秋。"这首绝句的诗题是《西湖戏作示同游者》，题下原注"一作《初泛西湖》"。 乍读这首诗的人，大概会想：欧阳修笔下的西湖真美，荷花飘香，画舫泛波，让人忘却了扬州的二十四桥明月夜，只想徜徉在杭州西湖的美景之中。 假如你这样想，那就错了，那是"直把杭州作汴州"，把安徽颍州的西湖误作杭州的西湖了。

杭州西湖的孤山，虽有纪念欧阳修的六一泉，还有石刻铭记，但是，欧阳修却没在杭州住过。 在西泠印社边上那个古意盎然的石亭，以及仅见涓滴的水池，是 20 世纪 60 年代重修的，故址是苏东坡题写六一泉铭之处，其实与苏堤同属一类，是苏东坡留下的遗迹。 若是不知道欧阳修的生平故实，不知道他在皇祐元年（1049）由扬州徙之颍州，不知道颍州也有个西湖，就很容易误会，以为欧阳修笔下写的是杭州的西湖。

欧阳修一生最爱的西湖，是颍州的西湖。 他曾写过十三首《采桑子》，歌西湖美景，并缀以"西湖念语"，作为序歌，其中说："况西湖之胜概，擅东颍之佳名。 虽美景良辰，固多于高会；而清风明月，幸属于闲人。 并游或结于良朋，乘兴有时而独往。"这个颍州，是今天的安徽阜阳市，西湖在市西北，长三里，广十里，是颍河与诸水汇流之处，所以才有"西湖十顷"。

假如我们只遵循"新批评"的文学研究法，只管"文本"，只就作品本身的文辞、意象、明喻、隐喻、象征来谈，全不管作者的历史背景，那么，读到欧阳修写西湖，自然就以为是杭州的西湖，甚至还可以写一本文学专著，评论欧阳修与苏东坡笔下的西湖意象与象征。 不过，此西湖非彼西湖，奈何！

谁的西湖好

欧阳修写过十三首《采桑子》，吟西湖之美。他笔下的西湖，是安徽颍州（今阜阳）的西湖，是他担任颍州地方官时流连游赏之处，也是他晚年退隐所爱的风光，不是脍炙人口的杭州西湖。

欧阳修自己说过："皇祐元年（1049）春，予自广陵得请来颍，爱其民淳讼简而物产美，土厚水甘而风气和，于时慨然已有终焉之意也。"他从扬州（广陵）转任颍州，就爱上了当地的风土人情，想到了退休终老，不想离开了。《正德颍州志》卷四，提到欧阳修颇能体恤民情，向朝廷奏免了黄河民工万余人，"筑陂堰以通西湖，引湖水以灌溉民田。建书院以教民之子弟，由是颍人始大兴于学"。不但是个好官，而且有周详的农田水利规划，利用厚生，同时还美化了环境。

这个可以灌溉民田的颍州西湖，风景秀丽，绝不输杭州西湖。且看《采桑子》第一首："轻舟短棹西湖好，绿水逶迤。芳草长堤。隐隐笙歌到处随。　无风水面玻璃滑，不觉船移。微动涟漪。惊起沙禽掠岸飞。"驾一叶轻舟，漂浮在绿水之上，看芳草铺满了岸边长堤，隐隐约约听到处处笙歌。没有风的时候，波平如镜，轻舟像滑在玻璃面上，完全没有移动的感觉。只有涟漪四散，却惊起了沙洲上的禽鸟，掠着岸边飞去。多么优美的环境，多么闲适的心情！

再来看第三首："画船载酒西湖好，急管繁弦。玉盏催传。稳泛平波任醉眠。　行云却在行舟下，空水澄鲜。俯仰留连。疑是湖中别有天。"这次不是轻舟小船，随波漂浮，而是载酒画船，急管繁弦。 喝醉了，就酣卧平波，十分畅意。 云影倒映波面，如舟下行云。 湖水清澈，天光云影，上下一色，真是美极了。

苏东坡说，杭州西湖可比西子，恐怕欧阳修另有看法。他对颍州情有独钟，所以，他眼里的西施，大概是颍州的西湖。

欧阳修的西湖

苏东坡把杭州西湖比作西施，说风光如画，晴雨都有迷人之处："水光潋滟晴方好，山色空蒙雨亦奇。 若把西湖比西子，淡妆浓抹总相宜。"那意思如同夸奖美人，"粗服乱头，不掩国色"，怎么看怎么美。

欧阳修最爱的西湖，不在杭州，而在颍州，也就是今天的安徽阜阳。 在他的笔下，颍州西湖的朝晖夕阴、晴雨霜露，也是怎么看怎么美。 如《采桑子》第四首，写的是暮春风雨："群芳过后西湖好，狼藉残红。 飞絮蒙蒙。 垂柳阑干尽日风。 笙歌散尽游人去，始觉春空。 垂下帘栊。 双燕归来细雨中。"过去注释"飞絮蒙蒙"，都是说，写柳絮飘飞，如蒙蒙细雨。 我看不甚妥帖。 这首词写暮春时节，残花已经零落，柳条已在风中飘摇，怎么还有早春的柳絮飘飞呢？ 应该倒过来说，写的是细雨蒙蒙，如柳絮飘飞。 无论怎么说，西湖在落红零落狼藉之际，诗人隔着窗帘，看"双燕归来细雨中"，真有无限凄迷之美。

《采桑子》第八首，写的是夏末，天和气朗，月白风清："天容水色西湖好，云物俱鲜。 鸥鹭闲眠。 应惯寻常听管弦。 风清月白偏宜夜，一片琼田。 谁羡骖鸾。 人在舟中便是仙。"晴朗的天气，云彩景物都显得如此鲜明，天光水色，连鸥鹭都习惯了管弦乐音，得以闲眠。 到了夜晚，湖面如一片琼瑶水田，倒映着月光，仙境也不过如此，"人在舟中便是仙"。

苏东坡夸赞的杭州西湖，今天仍是旅游胜地，游人如织。

欧阳修钟爱的颍州西湖，是否风光依旧呢？ 为什么再也没人提起？ 我查了安徽省政府近年出版的通览，提到了滁州的醉翁亭，表示没忘记欧阳修。 可是，完全没提到阜阳地区有个西湖，是否其也随着欧阳修仙去了呢？

燕子楼空

记得中学的语文课本，选了一首苏轼的《永遇乐》词，写夜登燕子楼，梦关盼盼而作：

> 明月如霜，好风如水，清景无限。曲港跳鱼，圆荷泻露，寂寞无人见。纨如三鼓，铿然一叶，黯黯梦云惊断。夜茫茫，重寻无处，觉来小园行遍。

> 天涯倦客，山中归路，望断故园心眼。燕子楼空，佳人何在，空锁楼中燕。古今如梦，何曾梦觉，但有旧欢新怨。异时对，南楼夜景，为余（徐）浩叹。

语文老师解释说，上片写景，下片写情，情景交融，是篇佳作。 我们也觉得真是好，写作文的时候，还引用过"明月如霜，好风如水"，感到自己能够体会东坡的意蕴了。 只是对"燕子楼空，佳人何在，空锁楼中燕"不甚明了。 虽经老师解释，说燕子楼是关盼盼的住处，现在关盼盼已经故去，诗人有所梦怀，在夜深人静之时，独步小园，不禁感到人生如梦。

老师虽然解释得相当清楚，但我总是感到有种疑惑：关盼盼到底是什么人？ 为什么会让苏东坡引起如许感怀呢？

后来读书渐多，才知道关盼盼是唐代的歌妓，会写诗，是徐州张建封尚书的爱妾，住在燕子楼。 白居易访徐州张尚书，关盼盼特别表演了歌舞，为酒宴助兴。 白居易眼中的盼盼，"善歌舞，雅多风态"。 他还为此写了诗，落句是："醉娇胜不得，风袅牡丹花。"张尚书死了之后，盼盼念旧不肯改嫁，在张家旧宅的燕子楼一住十余年，不渝情爱。 白居易深为感动，录了几首盼盼的诗，其中一首："楼上残灯伴晓霜，独眠人起合欢床。相思一夜情多少，地角天涯不是长。"白居易有和诗："满窗明月满帘霜，被冷灯残拂卧床。燕子楼中霜月夜，秋来只为一人长。"

苏东坡夜登燕子楼时，是否想到关盼盼与白居易的这段文字因缘呢？"寂寞无人见""重寻无觅处""佳人何在""旧欢新怨"，恐怕都有一些令东坡低徊想象的典故吧？

李清照跋

李清照的《金石录后序》，是篇奇文，也是篇鸿文，记载了她与夫婿赵明诚对书画古董的收藏，也记载了校刊摩玩的乐趣。文中说到他们在山东青州营归来堂，搜集古玩书画，每天夜里观赏研究，"夜尽一烛为率"，也就是点完一根蜡烛的欢乐时光。

这是金兵尚未南下，北宋尚未倾覆之际，天下太平，陶情于书画鼎彝之中，夫唱妇随，真是"只羡鸳鸯不羡仙"的好日子。文中有这么一段："余性偶强记，每饭罢，坐归来堂，烹茶，指堆积书史，言某事在某书、某卷、第几页、第几行，以中否角胜负，为饮茶先后。中即举杯大笑，至茶倾覆怀中，反不得饮而起。甘心老是乡矣。"

赵明诚在靖康丙午，金兵南下前一年（1126）任淄州守，在淄川邢氏之处，见到白居易手书《楞严经》。赵明诚在这件作品上写的跋，可见他欣喜若狂，赶紧骑马回家，虽已深更半夜，仍兴致勃勃，与李清照一同观赏的情景："……因上马疾驱，归与细君共赏。时已二鼓下矣，酒渴甚，烹小龙团，相对展玩，狂喜不支。两见烛跋，犹不欲寐，便下笔为之记。赵明诚。"

据李日华《味水轩日记》，记万历三十八年（1610）二月十八日，他在冯权奇处见到白居易手写《楞严经》第九卷一帙，不但有赵明诚的跋，还有归来堂图书记，以及李清照的跋："唐人凡庸书皆可观，况江州白司马耶。见其踪，念其人，疏窗净几之间，觉增我灵。靖康甲辰上巳日，易安居士识。"靖康只有两年，元年是丙午，第二年丁未就是"靖康耻"那一年，"靖康甲辰"是怎么回事？ 难道此跋是伪作？ 而李日华这位大行家看不出来？

此件书迹还有杨维桢及李贽的跋，不知是真是假。 李贽跋："余每谓宋三四百年，情人才士，止李易安一妇人。 集中有《喜得乐天楞严偈》，几千言，手腕如锦，胸中无尘。 今又更见此经，与卓老何多缘也。 甲午五月四日，寓武昌李贽题。"李贽在世的时候，《李易安集》尚存，明人是熟知李清照这首长诗的，所以李清照与赵明诚欣得白居易书《楞严经》，倒不是假的。

红酥手,黄滕酒

陆游是南宋的大诗人,一生写了九千三百多首诗,数量惊人。当然,诗人的艺术成就,不能以数量取胜,但想想"九千三百多"这个数字,至少可以印证俗语说的"天才是一分禀赋,九分努力"。陆游活了八十五岁(虚岁八十六),假如算他十五岁开始写诗,写上七十年不停,每年也得写一百三十首才够数,也就是每三天必有一首诗。

我小时候最早读到的陆游诗作,是他临死写的"死后元知万事空,但悲不见九州同。王师北定中原日,家祭无忘告乃翁"。然而,在读到这首绝句之前,已经知道陆游有段凄美的爱情故事,而且听过《钗头凤》这阕词。虽然陆游一生只写了一百三十多首词,远不能跟诗作相比,但是"红酥手,黄滕酒"却脍炙人口,是大多数人最熟悉的陆游作品。

还记得最早是从收音机里听到陆游与表妹唐琬的故事,因为婆媳不和,恩爱夫妻被迫离异。后来,各自娶嫁,一天,却在沈园相遇,表妹以酒肴款待,从此陌路。据说,陆游感慨万千,便写了《钗头凤》一词,上阕是:"红酥手,黄滕酒,满城春色宫墙柳。东风恶,欢情薄,一怀愁绪,几年离索。错,错,错!"

小时虽然会背,却不甚明白什么是"红酥手,黄滕酒",只知道这段姻缘是悲凄的结局,一切都是"错,错,错"。模模糊糊的印象里,"红酥手"让我联想到当时爱吃的桃酥,"黄滕酒"则比较麻烦,因为联想的对象是父亲爱坐的一把褐黄色的藤椅,与酒没有什么关系。不过,糊里糊涂地,就把这些联想混杂进了我对陆游的印象。

现在当然知道，"红酥手"就是"红红嫩嫩的小手"，"黄滕酒"是"有黄封的官酒"，也就是写，一双柔荑小手，端上一坛黄封美酒，满城都充满了柳丝飘拂的春色，多么罗曼蒂克！小时当然不会明白，但不明不白地，却背下了这首词。

女性情怀

　　近读一篇讨论李清照的文章，特别提出她的"女性情怀"，论据从她的一首《南歌子》而来。这首词的结尾是："旧时天气旧时衣，只有情怀，不似旧家时。"作者便由此讨论到，李清照的情怀一直都凄清孤寂，并举了许多词句为例，作为李清照"女性情怀"之证据。

　　举的例子如下："庭院深深深几许？云窗雾阁常扃"（《临江仙》）；"小楼寒，夜长帘幕低垂"（《多丽》）；"小院闲窗春色深，重帘未卷影沉沉"（《浣溪沙》）；"人悄悄，月依依，翠帘垂"（《诉衷情》）。结论则是："她的生存空间和活动场所是多么的狭小"，以此证明李清照的词有女性特色。

　　我绝不否认李清照词有女性特色，也不否认她的生存空间比男性狭窄，但反对用这种似是而非的例句来证明"女性情怀"，更反对用颟顸糊涂的逻辑归纳出她生存空间的狭小。

　　要讨论宋代妇女生活空间的狭小，史实俱在，不必借助这些例句；要说明李清照特殊而敏锐的女性意识，以至发而为诗，展现出深刻的女性情怀，也不该选用这些泛言凄清孤寂的例句，而应当标举"帘卷西风，人比黄花瘦""只恐双溪舴艋舟，载不动许多愁"之类，深入探索意象构筑的脉络。虽然是耳熟能详的名句，举出来不稀奇，但毕竟比不恰当的例句更能说明情况。

　　说引为证据的例句不恰当，只举冯延巳《鹊踏枝》及《采桑子》的一些句子，就可看出。"楼上春山寒四面。过尽征鸿，暮景烟深浅。一晌凭阑人不见，鲛绡掩泪思量遍""萧索清秋珠泪坠""独立荒池斜日岸""一点春心无限恨，罗衣印满啼妆粉""中庭雨过春将尽，片片花飞。 独折残枝，无语凭阑只自知""西风半夜帘栊冷，远梦初归""小堂深静无人到，满院春风。 惆怅墙东，一树樱桃带雨红"……还多得很呢。 这也能证明冯延巳凄清孤寂的女性情怀吗？ 也能归结出官至宰相的冯延巳生存空间狭小吗？

"香草美人"是中国抒情诗自屈原以来就一直流行的传统，"模拟女性情怀"，又是词的特色，因此，要探讨李清照的女性情怀，还得认真深入地进行，不可随便举例，夸夸其谈。否则，我们甚至会得出结论，说唐宋以来的词人，不分男女，都有女性情怀。

断章取义

我们时常批评人家"断章取义",引用权威的话,却又不全引,只引对自己有利的部分,作为论辩的依据。断章取义,经常是扭曲原义,甚至颠倒黑白,强把自己的想法,加在古人头上,再以"狐假虎威"的方式,挟文章风雷之势,慑服读者。

照讲学术文章应当罗列证据,分析资料,参照前人之说,总结自己的看法。一方面力求公允客观,另一方面也不讳言自己的独到心得。可是,我们时常看到学术著作也采用断章取义的做法,在论述的关键之处,引用权威的精辟隽语,却有意扭曲原义,误导读者。

这不是形同诈骗吗?

假如是一般学生,没读懂前人著作,征引失当,那是学力的问题。可是,专家在学术专著中,却经常表演这种偷天换日的戏法。总不好说这些专家学者的学力不够吧?那么,就可怕了,原来是"蓄意诈欺"。反正,引用的古人早已在九泉之下,无法抗辩。就算地下有知,也只好在墓里"辗转反侧"(请注意,此处引用《诗经·关雎》),其奈我何!

近读一本研究南宋词史的著作,书写得还用心,材料也不少,但断章取义之处甚多。如谈陆游的词,说"陆游对于词的性质缺乏深刻体认,并常以写诗的态度和手法来填词",所以,"使得他的词'有气而乏韵'(王国维《人间词话》)"。这种引证是什么意思呢?王国维是词学权威没错,也在《人间词话》中写下过这五个字。不过,王国维对陆游的词,真是如此充满贬义吗？

　　《人间词话》的原文是："南宋词人，白石有格而无情，剑南有气而乏韵。其堪与北宋人颉颃者，惟一幼安耳。"原义是说，南宋词辛弃疾第一，姜夔、陆游是第二等，史达祖、吴文英等人，根本还提不到呢。这哪里是贬？

朱熹的诗

朱熹是伟大的哲学家，但也难免有点道学气，特别是在诗中有所反映，总是使用象征手法，描绘求学悟道的精神境界。

譬如他的《观书有感》："半亩方塘一鉴开，天光云影共徘徊。问渠那得清如许？为有源头活水来。"以及《泛舟》："昨夜江边春水生，艨艟巨舰一毛轻。向来枉费推移力，此日中流自在行。"前一首讲的是方寸境界清明，因为有源头活水。后一首则说学问深厚，就像春水泛舟，自在无碍。比方打得不错，但隐喻的目的性强，道学气重，难怪过去的人总说宋诗好说理。

朱熹的诗道学气重，就有晚明的冯梦龙拿来取笑，改成流行歌曲，咏唱男欢女爱。因为用词太过暴露，与高行健《一个人的圣经》某些段落，同属限制级文字，儿童不宜，且不具引，只简单说说。前一首诗改作《为有源头》，结尾成了情郎唱道："你好像石皮上青衣那介能样滑，为有源头活水来。"后一首改作《此日中流》，结尾则是情姐唱："郎做子船来奴做水，此日中流自在行。"

多年前我在台大历史研究所讲明代文化意识史，讲到此处，哄堂爆笑。课后，有位专攻宋明理学的研究生来找我，说他感到五雷轰顶，简直不能相信古人敢拿朱夫子开这样的玩笑。同时又觉得茅塞顿开，完全明白了晚明意识的多样与活泼，明白了阳明学派后劲的盛行，讲求"心即是理"，为什么会被黄宗羲斥为"坐在利欲胶漆盆里"，也明白了从宋到明思想文化的复杂性，根本不能只从"宋明理学"的角度来解读。

后来这个学生得了学位，成家立业，先在文化界工作，然后转入金融界，为"全球化"做出了不少贡献。近闻他的儿子已经上了幼儿园，十分聪慧，不知道他是否会传授朱熹的诗，作为开蒙？

《千家诗》

在古代童蒙读物中，《千家诗》要算比较有文艺气的，至少比《三字经》《百家姓》《千字文》要有趣得多，可以给孩童带来一些文字的美感，而不仅是"人之初，性本善"那种道德洗脑，或"赵钱孙李"那类氏族排列。然而，民间广泛流传的《千家诗》，一开头选的就是北宋理学大师程颢的《春日偶成》："云淡风轻近午天，傍花随柳过前川。时人不识余心乐，将谓偷闲学少年。"第二首选的是南宋理学大师朱熹的《春日》："胜日寻芳泗水滨，无边光景一时新。等闲识得东风面，万紫千红总是春。"虽说选题是应景春天，符合按季节排列的编辑体例，但是，为什么不从上万首唐人绝句里挑选，偏偏要挑两位理学大师的诗？归根到底，编选者意识形态之偏向，也毋庸讳言。

挑选这两首诗，都是有用意的。是以春日象征学子青春年少，开蒙读书，见到儒学世界风光之美妙，就会乐在其中。朱熹的诗，明白标出"泗水滨"，就是指明了孔夫子家乡一带，引申为儒学的氛围环境。于是，万紫千红、春风桃李，都是向学之趣、读书之乐了。

古代的莘莘学子读《千家诗》，是否都能体会编者用心，欣欣向学，很难说。但是，《千家诗》到了明末冯梦龙手里，却成了"顶针续麻"的好材料，"编成一本风流谱"，即是简称《夹竹桃》的《夹竹桃顶针千家诗山歌》。在这本"风流谱"中，程颢的《春日偶成》，就发展成了《将谓偷闲》："丝丝绿柳映窗前，系弗住个情哥去后缘。花栏绕遍，春怀可怜。取花消遣，把金瓶水添。 梅香不识奴心苦，将谓偷闲学少年。"

　　本来是理学大师云淡风轻的天人合一境界，现在成了哥哥妹妹思恋的情歌了。 若是程颢先生地下有知，不知做何感想?

云南风光

　　一位写诗的老友，久住昆明，时常邀我到云南一游，说风光秀丽不提，空气与水就引人诗兴。说了二十年，我还是没去成。近读杨升庵的《滇南月令》十二首，写一年十二个月的风光，不禁又想起了老友。

　　杨慎（号升庵）是四川新都人，二十三岁中状元，是明代的大才子与学问家。因为大礼议事件，坚持原则，得罪了嘉靖皇帝，两次狠遭廷杖，打得皮开肉绽，死而复苏，贬到云南保山，流放了一生。有时我会想到老友的遭遇，也是流放到云南去的。只好退一步想，虽是边陲，倒是鸟语花香，还有他钟爱的清新空气与澄澈的流水。

　　杨慎的《滇南月令》，调寄《渔家傲》，与七言律诗的形式相比，则上下阕的第三行行末，各多三个字，多了点回旋变化之致。写夏日风光，见于六月、七月（农历）两首：

　　"六月滇南波漾渚，水云乡里无烦暑。东寺云生西寺雨。奇峰吐，水桩断处余霞补。　　松炬荧荧宵作午，星回令节传今古。玉伞鸡㙡初荐俎。荷芰蒲，兰舟桂楫喧箫鼓。"水桩指的是彩虹，如云水的桩柱，在空中断了，却有天边余霞补其断处。玉伞、鸡㙡都是珍贵的云南菌类，我垂涎已久，却从未尝过。

　　"七月滇南秋已透，碧鸡金马山新瘦。摆渡村西南坝口，船放溜，松花水发黄昏后。　　七夕人家衣褴绣，巧云新月佳期又。院院烧灯如白昼，风弄袖，刺桐花底仙裙皱。"写七夕风俗，家家晒衣服，到晚上点灯乞巧，祈求幸福与欢乐。

今年又去不成云南了，只好遥寄杨升庵的月令小词，祝好友夏季平安。

夹竹桃

明末的冯梦龙编过一本《夹竹桃顶针千家诗山歌》，是把民间流行的《千家诗》改编成小调，以便歌咏。他在序里作了一番说明："三句山歌一句诗，中间四句是新词。偷今换古，都出巧思。郎情女意，叠成锦玑。编成一本风流谱，赛过新兴银绞丝。"也就是说，他改编的这本书，全是风流情歌，而且是时代新曲。

且看他如何改编朱熹老夫子的《春日》。原诗是："胜日寻芳泗水滨，无边光景一时新。等闲识得东风面，万紫千红总是春。"改成流行曲："年少娇娘、行过百花亭。只见春风吹动百花新。桃花铺锦，梨花绽银，木香含蕊，蔷薇吐心。姐道，我郎呀，小阿奴奴分明是天上琼花世上少，你莫道万紫千红总是春。"

原来讲的"寻芳"，是到孔夫子的花园里去看儒学缤纷的"万紫千红"。姑且不论朱夫子是否忘了孔老夫子不肯作老圃，大概没什么园艺知识，种不出满园的万紫千红，他把群芳满园比作圣贤之道盛放，俯拾皆是道德文章，劝学的意图却是很明确。

冯梦龙改编的流行曲，意思就全然不同。简直是把圣道置诸脑后，一心只想男欢女爱，成了"去天理，存人欲"了。

多年前我在台大开了一门研究生的课，讲明代文化意识史，其中一讲是晚明流行歌曲，探讨晚明社会风气的开放，涉及知识阶层的自我嘲讽，就特别提到冯梦龙拿朱熹的诗开玩笑。冯的态度和李贽嘲笑孔子"惟酒无量，是大圣人"及汤显祖《牡丹亭》里石道姑以猥亵文字瞎编《千字文》，思维脉络是一致的，有点玩世不恭。

为什么玩世不恭还要诉诸文字，把嘲讽变成历史文献，就值得我们深思了。 这样的嘲讽，大概不只是酒足饭饱之后的胡言乱语，而是有意识地反映了时代的思潮。

陶渊明與文徵明

陶渊明的饮酒诗

陶渊明的《饮酒》二十首，在中国文学中地位显著，其中的名句如"采菊东篱下，悠然见南山"，脍炙人口，以至现代人一讲到与世无争，安享天年，总是要引这两句。在我心目中时常浮现的陶渊明形象，是陈老莲画的系列，也是以饮酒诗为题材的。

《饮酒》第一首："衰荣无定在，彼此更共之。邵生瓜田中，宁似东陵时。寒暑有代谢，人道每如兹。达人解其会，逝（誓）将不复疑。忽与一觞酒，日夕欢相持。"辞意明畅，讲的是人世的盛衰，和季节更换寒暑代谢一样，总是在变易的，达观的人看得透彻，饮酒为欢。

这首诗唯一的典故是邵生瓜，却引出了不少争论。邵生瓜典出《史记·萧相国世家》："邵平者，故秦东陵侯。秦破，为布衣，贫，种瓜长安城东。瓜美，故世俗谓之东陵瓜。"这个典故在汉魏诗歌传统中常常引用，意思本来很清楚，无可争议的。邵平原来是秦贵族，改朝换代之后，成了瓜农，不过，他自食其力，活得很好，种的瓜尤其甜美。当然是说"衰荣无定在"，在瓜田里种瓜的情况，怎么会像以前当东陵侯时一般呢。寒暑代谢，人道如此，看开就好了。

何焯《义门读书记》说："邵平可游萧相之门，渊明何妨饮王弘之酒。在我鬻然不淬，则衰荣各适而不相疑也。"邱嘉穗《东山草堂陶诗笺》说："陶公昔为晋参军、县令，今则退而闲居饮酒，故以邵平事自比。"说的大体没错，却引发一位近代笺校学者的义愤："渊明何尝视昔参军、县令为荣，今闲居、饮酒为衰耶？ 何、邱之说不仅曲解诗意，甚至歪曲了渊明。"说得义正词严，指斥前人曲解渊明清高的品格。 我看未免有点小题大做了，何、邱两人也只是顺着典故说说，不会死咬着渊明以官爵的衰荣为人生意义的衰荣的。

若是渊明知道饮酒诗居然还会产生这样的争议，一定会说："达人解其会，逝将不复疑。 忽与一觞酒，日夕欢相持。"

形夭无千岁

陶渊明《读山海经十三首》，有一首是："精卫衔微木，将以填沧海。刑天舞干戚，猛志固常在。同物既无虑，化去不复悔。徒设在昔心，良辰讵可待。"前四句讲的是《山海经》中的两则神话，一是精卫填海，二是刑天争神，说的是锲而不舍，即使形体消灭，幻化异形，而争斗奋发的意志不息。

本来是没有问题的。到了宋朝，曾纮读这首诗，居然读到的是"形夭无千岁，猛志固常在"。他觉得上下文不相连贯，因此，查了《山海经》，赫然发现刑天的神话，说刑天与天帝争神，被天帝砍了脑袋，却"以乳为目，以脐为口，操干戚以舞"。曾纮这才知道，当时通行版本的这一句五言诗，五个字全错了。

然而周必大却不以为然，在《二老堂诗话》中坚持"形夭无千岁"没错，认为"此篇恐专说精卫衔木填海，无千岁之寿，而猛志常在，化去不悔"。此后便有不少学者纠缠于此，有的说全错，有的说没错。

要是不知道《山海经》有刑天的故事，读到"形夭无千岁"，还真会曲为之解，说，虽然形体夭折了，没有千岁的寿命，但威猛的志气还常在。可是，读过《山海经》，知道刑天舞干戚（干是盾，戚是斧）的故事，再回头读陶渊明的诗，看到"形夭无千岁"就难免要失笑了。

对于周必大硬说"形夭无千岁"才对，编《陶靖节集》的陶澍说："既云夭矣，何又云'无千岁'？夭与千岁，相去何啻彭殇？恐古人无此属文法也。"这段驳斥非常有力，因为是文本的内证，说明"形夭无千岁"其实是文法不通，渊明作诗的技巧不至于如此拙劣。配合上举的外证，可以确定"形夭无千岁"是"刑天舞干戚"之讹*。

　　古代刻书出错，本是平常事，不过一连五字全错，却也少见。明代笑话说塾师不通，把书中的"郁郁乎文哉"念讹了，教了一群塾生大念"都都平丈我"，也是五字全错，堪与此做一注脚。

----

　　*"岁"字的繁体"歲"与"戚"字形相近。"无"字的繁体"無"与"舞"字形相近。

弱女虽非男

陶渊明有一首名诗《和刘柴桑》，是大家耳熟能详的，一开头是："山泽久见招，胡事乃踌躇？ 直为亲旧故，未忍言索居。"意思很清楚，就是他心中一直想着山林隐逸，只是因为家人亲旧放不下，人际关系还有待照顾，无法一走了之。 这种心存隐逸的念头，在他的《始作镇军参军经曲阿作》就明说是青年时期已有："弱龄寄事外，委怀在琴书。 被褐欣自得，屡空常晏如。"在他辞官回乡的《归园田居》第一首，说得更清楚："少无适俗韵，性本爱丘山。"

这首诗的主题很明显，结尾两句表露无遗："去去百年外，身名同翳如。"人生百岁，到头来身躯固然死灭，功名也同样消散了。 虽然有人（如方宗诚的《陶诗真诠》）以为渊明的态度是儒家的"君子居易以俟命"，是在山林中"内圣而外王"，我还是认为关键在渊明洞察自然生死变易的豁达，达到人生意义的超脱。

诗中有一句"弱女虽非男"（女儿虽非男子），最招注释者争论。 有说"弱女"喻薄酒，有说指刘柴桑无子，有说渊明指自己的女儿，莫衷一是。 龚斌的《陶渊明集校笺》认为弱女喻薄酒比较恰当，因为经过仔细考证，可知刘柴桑与陶渊明都有儿子。 我却觉得，以弱女喻薄酒（同理推之，则男儿就是醇酒了？），虽然牵强，也不是不可能。 不过，考证刘与陶都有儿子，因此，诗句"弱女虽非男，慰情良胜无"中的"弱女"就一定不是活生生的女孩，就一定是隐喻，是薄酒，也未必太过武断，逻辑欠通。

弱女喻薄酒，不是汉晋时代的通用典故。 魏晋人品酒，有时以人的品格为比，并不分男好女坏。 酒清为圣，酒浊为贤；好酒是青州从事，恶酒是平原督邮。 这是当时的说法。若说渊明首创"壮男为醇酒，弱女为薄酒"这样的比喻，实在难以令人心服。 因为诗人是很敏感的，如此生硬的比喻，要诗人去"始作俑"，硬憋出"弱女虽非男"一句来形容薄酒，未免有辱渊明的诗品。 他难道不会说"酒淡亦可斟，慰情良胜无"或"薄酒虽非醇，慰情良胜无"吗？ 陶诗不是自然本色吗？ 为什么非要创出个"弱女"之典，以供品啜？

弱女喻薄酒

　　我说陶渊明诗《和刘柴桑》中"弱女虽非男"的注释，异说纷纭，并且质疑"弱女"喻薄酒一说的论证方式，并不是说"弱女喻薄酒"就一定不可能。我要说的，是论证的方法与逻辑思维的脉络。诗人写诗，不是胡思乱想，胡蹦乱跳的；一首好诗用比喻，不但引喻不会失义，而且比喻在诗中的地位也一定恰确，正好呈显全诗的艺术感染力。渊明是大诗人，《和刘柴桑》是好诗，我们读诗也要心存敬意，在理解疑难的时候，不要武断从事。孔子说过："知之为知之，不知为不知，是知也。"我们读诗，有些字句不懂，也只好留点模糊空间，说不懂。有个别字句不完全懂，并不妨碍对全诗整体的理解，并不减弱读诗的艺术感染。

　　说"弱女喻薄酒"的人，主要论据有二：一是男强女弱，因此，弱女就是薄酒。若说这就是"比"，是渊明始创之喻，我也只好说这是极为蹩脚之比喻，因为任何有作诗联想能力的人都会接着想到"壮男是醇酒"，而这样的联想有损诗情的超逸。第二个论据，则是考证刘柴桑与陶渊明都有儿子，而且渊明还有五个，指出"弱女虽非男，慰情良胜无"诗句，若"弱女"指的是女儿，则不通。

　　奇怪了，为什么不通？

　　假如你有五个儿子，一个女儿，写诗时想到女儿，说"女儿虽非男子，也聊胜于无"，就一定不通吗？写诗一定要如写行状，向世人报告"吾有五男儿，慰情良胜无"吗？

　　其实，我倒是可以告诉主张弱女喻薄酒的人，有一种采用内证的解释比较有说服力。"弱女虽非男"前面的两句是"谷风转凄薄，春醪解饥劬"。从诗情的叙述来说，谷风令人有凄冷之感，喝点新酿可以解解饥乏，因此，紧接着说的"弱女"或许可以指薄酒。只是渊明作诗，为什么突如其来，像发了神经一样，不说"薄酒虽非醇"，非要说"弱女虽非男"，非要发明"弱女喻薄酒，壮男喻醇酒"之典，就非我所知了。子曰，不知为不知。

读诗不能过于深究，否则胶柱鼓瑟，成了渊明与其朋友家庭的户籍调查了。

今朝有酒（陶渊明）

中国人一讲到"今朝有酒今朝醉"，心中浮现的就是放浪形骸，是醉生梦死，只顾眼前享乐，不负责任，不想明天。因此，是带着强烈贬义的。偶尔想放松一下，或寻欢作乐，逢场作戏，也常引用"今朝有酒"以自嘲，作为不恰当社会行为的道德自贬。

然而，当人们说起陶渊明，想到渊明手持酒卮，吟咏着"忽与一觞酒，日夕欢相持"（《饮酒》其一），或"得欢当作乐，斗酒聚比邻。盛年不重来，一日难再晨"（《杂诗》第一）之时，就说他高风亮节，是千古典范。

这里有没有思维的矛盾呢？我们今朝有酒今朝醉，就是不负责任，道德有亏；陶渊明今朝有酒今朝醉，就是高风亮节，典型犹存。因为我们满脑子功名利禄，而渊明"闲静少言，不慕荣利"吗？假如我们的子弟也一样不慕荣利，不想读书进取，只想随便打打工，今朝有酒今朝醉，喝得醉醺醺的，和陶渊明一样，"不觉知有我，安知物为贵。悠悠迷所留，酒中有深味"，我们是不是会庆幸有子弟若此，真是渊明再世，让自己的子弟终日"泛此忘忧物，远我遗世情"呢？

你一定说不会。只要父母有大脑，百分之百说不会。那么，你为什么如此钦仰陶渊明呢？不知道，可是，人人都说陶渊明品德高尚啊。没错，古人是称赞渊明的。你要不要听听梁昭明太子萧统是怎么说的？"夫自炫自媒者，士女之丑行；不忮不求者，明达之用心。是以圣人韬光，贤人遁世。"什么意思？就是说，自我吹嘘，编了履历找好事，是丑陋的行为；一无所求，不去谋取职位，才是明达的用心。 圣人绝不会去应征、去竞选，贤人一定远离红尘。

你大概会说，时代不同了，21世纪是个积极向上的进取时代，与陶渊明生在乱世不同。 渊明的今朝有酒，是对浊世昏乱的抗议，有所不为，是狷者风范，所以了不起。

难道当今的世界没有污浊混乱之处吗？ 子弟们今朝有酒今朝醉，不也可以说是另一种抗议吗？ 又与渊明有什么不同？

只有一个不同，渊明醉了会写诗。

种地与写诗

有一位中学生写信给我，不赞成我赞扬陶渊明"醉后会写诗"。他说，渊明受后世景仰，不是因为饮酒作诗，是因为他养鸡种地。

说得很好，就是古人说的"躬耕南亩"，靠自己的劳力过活，靠双手养活自己，仰不愧天，俯不怍人，生活得充实。其实，这也是我说的渊明生活的"基本必要"情况，与古往今来劳动阶级相通相同之处。

我提出的问题是，假如现代青年甲不想读书求学，只想靠双手干体力活，或则养鸡种地，或则出海打鱼，或在地盘扛活，或在码头搬运，工余之后饮酒醉乐，今朝有酒今朝醉，不也是仰不愧天，俯不怍人吗？为什么现代人会指为不求上进，醉生梦死？为什么父母会认为青年甲没有出息，使家门蒙羞？

为什么今天社会通行的价值观，一方面赞扬渊明躬耕南亩、饮酒作诗，"但恨在世时，饮酒不得足"，是高风亮节的榜样，另一方面则对子弟们不肯读书，只想从事体力劳动，工余饮酒为欢，"得欢当作乐，斗酒聚比邻"，视作"迷途的羔羊"，烦劳老师、家长、社工劝返学堂？青年甲不是和陶渊明一样，养鸡种地吗？有什么不同？

我说有不同，"因为渊明醉后会写诗"。虽以玩笑口气说出，让这位中学生大不以为然，但是用渊明的话来说："此中有真意，欲辨已忘言。"我不是渊明，是个教书匠，有学生问，只好辩一辩。

渊明饮酒之后会作诗，而且作得好，千载之下令人神往，是因为他博览群籍，读过很多书，又经历过许多世事，对人世有通透的见解，才写得出"采菊东篱下，悠然见南山"这样的句子。假如渊明不会写诗，只会养鸡种地，躬耕南亩，我们会景仰他一千六百年吗？青年甲不肯读书，虽然每天勤力，养鸡种地，饮酒不作诗，只唱卡拉OK，会使后人景仰吗？

　　说到底，有不同，因为渊明会作诗。我们景仰他，主要是因为他的诗，不是他的养鸡种地。

陶渊明的生死观

陶渊明死于宋元嘉四年丁卯（427）九月，死前写了一篇《自祭文》，其中说："天寒夜长，风气萧索，鸿雁于征，草木黄落。陶子将辞逆旅之馆，永归于本宅。"在秋天萧索落叶的季节，渊明走完了人生旅途的最后一站，将要永远回归于自然的大化本宅。他不禁感慨，茫茫的自然运转，使他生而为人，在人生百年之间虽然活得贫困，但也体会了不少欢欣，"冬曝其日，夏濯其泉。勤靡余劳，心有常闲。乐天委分，以至百年"。他这一生活得与众不同，虽然穷苦，但是无恨无怨，"从老得终，奚所复恋"，人死了，也不必着意经营坟茔，随其自然就行了。"人生实难，死如之何"，人活一世不容易，死也没有可怕之处，到死的时候，自然就去了。

渊明死得很平静，很达观，完全没有焦虑与痛苦。死灭，就是没有了，不像莎士比亚笔下的哈姆雷特那样焦灼不安，担心死了会怎么样、怎么办。除了《自祭文》之外，渊明还有《拟挽歌辞》三首，可算是诗人绝笔的天鹅之歌。第一首开头是："有生必有死，早终非命促。昨暮同为人，今旦在鬼录。"看得极为透彻，生死是自然的规律，不必恐慌。此诗的结尾说："千秋万岁后，谁知荣与辱。但恨在世时，饮酒不得足。"不但豁达，还带着几分乐天的诙谐，像是跟身旁啼哭的亲朋儿女话家常。

挽歌第二首拟想死时魂魄出窍，酒不能喝了，话不能说了，看也看不见了。"昔在高堂寝，今宿荒草乡"，眼前一片苍茫。"一朝出门去，归来夜未央"，长夜绵绵，再也没有天亮之时了。

　　写到第三首，渊明冥想出殡的情景，"严霜九月中，送我出远郊"。 到了下葬，黄土掩盖了棺木，"幽室一已闭，千年不复朝。 千年不复朝，贤达无奈何"，从此人天永隔，任你是圣贤也一样是无可奈何，永远不会见到明天的太阳了。"死去何所道，托体同山阿。"死了就是死了，还有什么好说的呢？身体自然也就朽烂了，与土地山陵化成一体，回归自然。

　　有多少人在临终时，能写出如此豁达的心境？

陶渊明乞食

陶渊明有一首《乞食》诗，开头便说："饥来驱我去，不知竟何之。行行至斯里，叩门拙言辞。主人解余意，遗赠副虚期。"家无余粮，饿得没办法了，只好出门借贷，也就是乞食了。穷困到乞食的地步，实在感到惭愧，不知向何人去借，走在路上不禁惶然。到了朋友家，也不知说什么才好，好在主人善体人意，赐赠的正符合心中的预期。

穷到乞食，实在是无路可走了。陶渊明真的穷到这地步吗？

校笺《陶渊明集》的龚斌列了古人的三种说法：一是乞食为渊明贫困的真实写照；二是渊明以乞食作为寄托，不是真的乞食；三是玩世不恭的游戏之作。

先来说说玩世不恭。陶渊明是玩世不恭的人吗？写一首乞食诗做游戏？这首诗像是玩世不恭的语气吗？有人玩这种乞食游戏吗？再来看看以乞食为寄托。是寄托什么？寄托故国？寄托前朝？寄托自己不像韩信那样遇到漂母？有这样写寄托的吗？

苏东坡在《东坡题跋》中有《书渊明乞食诗后》，说："渊明得一食，至欲以冥谢主人，此大类丐者口颊也，哀哉哀哉。"东坡屡次遭贬，曾经穷困过，虽不至于乞食，却能体会渊明的困境，心有戚戚。他觉得这首诗是直书实境，令人唏嘘的。

渊明还有一首《有会而作》，序是这么说的："旧谷既没，新谷未登。颇为老农，而值年灾，日月尚悠，为患未已。登岁之功，既不可希，朝夕所资，烟火裁（才）通。 旬日已来，始念饥乏。"写青黄不接，家无余粮，遇上了荒年，收获没了指望，勉强度日，眼看就饿饭了。 渊明的"有会"，就是有饿饭的体会，为免饿死，只好伸手求助，向人乞食。

渊明还有《咏贫士》七首，也是写饿饭的体会，并举古代贤士安贫乐道为例，作为自己"君子固穷"的效法榜样。 其中说，"量力守故辙，岂不寒与饥"，"倾壶绝余沥，窥灶不见烟"，写的就是没饭吃，穷得开不了火。 看起来，乞食不是假的，不是在那里故作姿态，不是寄托，更不是游戏。

文徵明与城市山林

晚明的苏州，人文荟萃，商业发达，一片繁华景象，所谓
"上有天堂，下有苏杭"。 在苏州，许多人都过得舒适美好、
称心满意，酒楼茶肆，随处都有，迎神赛会，热闹喧天。 这是
个五光十色的所在，是五彩缤纷的都会，是充塞着活力与能量
的城市空间。 这里吸引了各色人等，汇聚着为名利奔波的人
群，多数人忙忙碌碌，勤勤恳恳，也有不少人蝇营狗苟，沆瀣
龌龊。 这不是一片悠闲的干净土，不是让幽人随处感到清风
明月、鸟语花香的乐土。《苏州府志·风俗》（卷三）说："吴中
自昔繁盛，四郊无旷土，随高下悉为田。 人无贵贱，往往皆
有常产。 以故俗多奢少俭，竞节物，好遨游。"在这样的城市
之中，要有一片可供徜徉的山林，静听松风，读书作画，吟诗
品茗，大概不容易。

　　然而，就是在苏州这样拥挤的城市空间里，士大夫文人建
了一座又一座园林，一区又一区模仿大自然山水的"城市山
林"，成了全中国园林营造的总汇。 就只说文徵明这一个家
族，在 15、16 两个世纪，两百年间，经历了六七代，都醉心于
园林的营造与欣赏。 最有名的故事，当然是文徵明前后五次
画拙政园景，创作了一大批书画，留下他的视觉印象及审美追
求。 他题拙政园若墅堂图的诗序，是这么说的："若墅堂在拙
政园之中，园为唐陆鲁望故宅，虽在城市，而有山林深寂之
趣。 昔皮袭美尝称，鲁望所居，不出郛郭，旷若郊墅。 故以
为名。"诗也环绕城市山林主题："会心何必在郊坰？ 近圃分
明见远情。 流水断桥春草色，槿篱茅屋午鸡声。 绝怜人境无

车马，信有山林在市城。 不负昔贤高隐地，手携书卷课童耕。"

到了他的曾孙一代，文震孟中了状元，家门显赫了。 后来因为遭贬，震孟回到苏州退隐，有了自己的园林药圃，也就是今天的艺圃，其中就有一片匾额，上书"城市山林"四个大字。 他的弟弟文震亨，在附近也筑了一个园子，名香草垞，其中有"鹤栖"、有"鹿柴"，当然也是山林的逸趣。

文徵明的祖父

文徵明是著名的吴门画家，吴中四子之一，一向是与苏州地方文化与艺坛连在一起的。 说文徵明是苏州人，大家都觉得理所当然，好像文家世世代代都在苏州生息，浸润熏陶于苏州文化的氛围，造就了一代的书画大家。

可是根据文氏族谱，文徵明的先祖不是苏州人，而是四川成都人，在五代时期迁到江西，倒和文天祥是一家子。 文徵明的高祖文定聪在明初定居杭州，有四个儿子，其中三个都在杭州生活，成了杭州人。 老二文惠，因为入赘到苏州，留居在苏州，籍贯设在长洲县，才成了苏州人。 这个文惠，就是文徵明的曾祖父，也就是苏州文氏家族的第一代。

文氏本来是武胄出身，不是书香门第，到了文惠这一代才开始重视读书。 他入赘到苏州张家从事商贾之业，到底读了多少书，能有多少作为，能否光大文家的门楣都是个问题。但到了他儿子文洪（1426—1479），也就是文徵明的祖父，便以科举功名为目标，改变了文氏家族发展的方向，也奠下了以后家业显达的基础。

文洪的科举功名之路，并不十分顺利，在1465年中了举人，始终没能取得进士。《姑苏志》记载："洪乃弃武就学，苦志刻力，无间昼夜。 ……时从游者往往得高第，洪屡举屡北。 后子林领乡荐，与洪偕会试，林遂中进士，洪在副榜，授涞水教谕。 人皆羡林之捷，而悯洪之迟也。 三载，致仕归，卒。"他的大儿子文林，也就是文徵明的父亲，倒是春风得意，于1472年中了进士，立刻就授官永嘉县令。 此时文洪已经四十七岁（虚岁），勉强中了个副榜，三年以后，年已五十，才得授易州涞水教谕，可谓仕途蹉跎了。

但是，从文氏家族整体发展来看，文洪毕竟有了功名，有了官职。大儿子文林更是少年得意，后来当到温州知府。二儿子文森，在他逝世后七年中了举，再过一年中了进士，最后当了都察院右佥都御史。因此，只经过了一代，文氏在苏州成了仕宦人家，成了书香门第，也就是文徵明成长的家庭文化环境。

文惠入赘到苏州张家，只是个买卖人，第二代就成了读书人。文徵明生于1470年，祖父死时，已经九岁，应当很清楚祖父以功名开创家声的情况了。

文徵明祖先是赘婿

苏州文家，在明代中叶以后，是著名的官宦人家、书香门第。文徵明诗书画俱佳，又兼长寿，活了九十岁，是 16 世纪苏州文艺界的领袖，道德文章艺术都极备尊崇。他的儿孙也很争气，保持家风不坠，特别是到了曾孙文震孟，登天启二年壬戌科（1622）状元，更是显耀了家声。

然而，苏州文家的先世却出身寒微，在明初接连两代为人家的赘婿。对于这样的身世，文徵明讳莫如深，不愿多讲。一直到了文家有了三世功名之后，文徵明的儿子文嘉才大大方方说出祖先的寒微出身。

文徵明为他叔叔文森写的行状，说到自己的祖先与文天祥一家，显然是与有荣焉。再写下去，就云山雾罩，读不明白了："至镇远府君俊卿，仕元季为湖广管军都元帅，佩金虎符，镇武昌。生六子：长定开，入国朝为荆州左护卫千户，赐名添龙；次定聪，侍高皇帝为散骑舍人。后赘为都指挥蔡本婿，从蔡徙苏州，遂占籍为苏之长洲人。散骑府君次子惠，字孟仁，公之祖考也。考讳洪，字功大，仕为涞水县儒学教谕，累赠南京太仆寺少卿。"

文天祥是南宋的丞相，抗元不屈，壮烈殉国，当然是忠义的楷模，人人景仰。同宗的文俊卿怎么当上了元朝的官，而且是武职，任湖广管军都元帅了呢？他的两个儿子，怎么又投靠了新朝，在明太祖高皇帝手下担任武官了呢？文徵明的高祖文定聪，成为都指挥（相当于省级的军事司令官）蔡本的女婿，想来也算高攀，与老丈人落籍杭州，总是风光之事。

可是文徵明为什么说自己的高祖"徙苏州，遂占籍为苏之长洲人"呢？ 是文徵明弄错了？ 不知道自己的高祖迁住的地方是杭州？ 不知道自己的曾祖才是"占籍为苏之长洲人"的第一代？

我看文徵明大概都知道，只是感到有失老脸，不肯说清楚。 他写这篇行状时，年已五十八岁，署"翰林院待诏将仕佐郎"，仕途蹉跎，已经辞官回家。 回顾自家出身寒微，不愿明说曾祖文惠是第二个入赘的先祖，而且是赘入了商贾之家。

文洪的诗

文徵明的祖父文洪，是苏州文家第二代，也是最早由贾转儒的一代。他专心读书，十分努力，却总是科场失意，到了四十岁才中举。最后是自己的儿子文林中了进士，他才中了个副榜，也就是后补性质的鼓励榜，有点像现在的文学奖或艺术奖，冠亚季军之后，还要想出个"佳作奖"之类。

他中了副榜之后，就以举人的身份当官，当的是涞水县教谕，是个芝麻绿豆官。在明朝的官制中，各府各州各县都设有儒学，也就是政府监管的学校，府设教授，州设学政，县设教谕。所以教谕一职，实在并不风光。文洪做了三年，就萌了退志，回家养老了。

《文氏五家集》中，有一些文洪的诗作，写了他退隐园田的感怀。文洪的诗不甚高明，《明诗纪事》就说："涞水以名德重，不以诗见长。自叙其诗云：如春山早莺，初出深谷；舌弱语涩，不能成声。古人之不自矜诩如此。"说他不自矜夸，是赞誉之辞，不过他的诗并不特别出色也是事实。《静志居诗话》说文洪的诗，"饶有恬淡之致。传之交木、甫田，高曾之规矩不改也"。倒是点出了重要的信息，说到文洪的诗风恬淡，建立文氏后代诗风的规矩，子子孙孙都循此家风而不改。

文洪《墅村杂咏》五首第一首："避地心方定，耽诗癖渐增。闭门防俗客，下榻待高僧。远志虽云骥，生涯尚雪灯。圣恩原旷荡，潦倒愧无能。"以自谦的口气，说自己能力不足，不想做官了，只希望退避尘世官场的扰攘。第二首："春雨朝初霁，居南似锦沙。野猿窥落果，林蝶恋残花。引水斜疏沼，编篱密护家。何凭消永日？ 欹枕读《南华》。"上一首诗说喜欢见高僧，谈禅说法，这一首则说关起门来读《庄子》。儒家学者不想治国平天下，没有能力得意宦途之时，便以读佛经读老庄为事，如此，在精神境界上可以得到一定的超升，心理得到适度的平衡。文洪以身作则，成了文氏后代榜样，对文氏家族的影响是极其深远的。

《归得园二十八咏》

　　文徵明的祖父文洪退隐回到苏州，有《归得园二十八咏》组诗，咏唱了归得园的二十八景。我查了《苏州府志》（光绪九年版）的"第宅园林"部分，林林总总，从古到清代，有四大厚卷，其中并无"归得园"。细读这二十八首诗，才知根本没有这片园林，而是文洪以诗人的想象，循着陶渊明《归去来辞》的叙述，拟想出来的象征性园林。

　　先来看看前六咏，写的是：归来堂、今是亭、晨光楼、三荒径、菊存坡、自酌轩。"归来堂"："久客念当归，何待秋风生。黄花有佳色，青山无俗情。是间有真乐，悠悠空令名。"说的就是《归去来辞》的开头："归去来兮，田园将芜胡不归？""今是亭"有句："是非两悠悠，大梦谁当觉。陶翁悟已久，畴须问今昨。"当然是接着前面的陶翁文字："悟以往之不谏，知来者之可追。实迷途其未远，觉今是而昨非。""晨光楼"来自"恨晨光之熹微"；"三荒径"讲的是"三径就荒"；"菊存坡"当然是指"松菊犹存"。"自酌轩"则寓意"携幼入室，有酒盈樽。引壶觞以自酌，眄庭柯以怡颜"。明显得很，这前六咏，根本不是吟咏实景，根本就没有实在的景，所咏之景都在陶渊明的文章里，都是文洪的心景。

　　再看看以下八景：寄傲窗、容膝窝、日涉园、常关门、流憩坳、出云岫、知还巢、盘桓处。《归去来辞》是怎么接着写的呢？请看："倚南窗以寄傲，审容膝之易安。园日涉以成趣，门虽设而常关。策扶老以流憩，时矫首而遐观。云无心以出岫，鸟倦飞而知还。景翳翳以将入，抚孤松而盘桓。"十句文字，除了其中两句，文洪可谓"夫子步亦步，夫子趋亦趋"。这不是在咏园林实景，简直就像欧洲中古文学 allegory 的写法。

以下还有十四景，全都是这种咏法，都是化渊明的文辞为歌咏，为省篇幅，就不细说了。

陶渊明对文氏家族的影响，从文洪开其端，通过回归园林这个主题，一直延续到后代。

文徵明的父亲

文徵明的父亲叫文林（1445—1499），二十二岁成婚，二十五岁时得了长子文奎，二十六岁得次子文壁（后改名徵明），二十八岁中进士，少年得志，门楣生辉。他在官场上还算顺利，虽曾因病归乡，打算终老林泉，却被朝廷征召任温州知府，从现存的文献资料看，他是个关心民瘼的好官，但身体似乎不太好，所以有及早退休之念，因病在家闲居了六年，不想继续做官，可惜事与愿违，还是鞠躬尽瘁，死在任上。

《锡金识小录》："文温州，初名梁。弱冠时得（倪）云林《秋山雪霁图》，且晚耽玩不释，遂改名林。与兄共创一楼，题曰怀云阁，其向慕如此。"说文林不是原名，是后来改的，改名的原因是仰慕倪瓒（云林），不但改了名，还与哥哥建立了怀云阁，追怀倪云林。

说得煞有介事，可是全是胡说。

根据文氏族谱及文氏后代所写家世资料，可知文洪有三个儿子，长子文林，次子文森，三子文彬。所以，文林根本没有哥哥，只有弟弟，而且三兄弟的名字都是木字边，排行如此。这与文洪一辈是水字边，文惠（文徵明曾祖）一辈是心字边，文壁（徵明）一辈是土字边，都属文家排行的习惯。

说他改名的原因是得了倪云林的画，又因仰慕而建怀云阁，都是无稽之谈。

《苏州府志》卷四十五："文温州林宅，在三条桥西北曹家巷中，有停云馆。子待诏徵明亦居此，所勒《停云馆帖》十二卷，世甚珍之。"可知文林家中建了停云馆，而没有什么怀云阁。 文林还有一首诗《停云馆初成》："居西隙地旧生涯，小室幽轩次第加。 久矣青山终老愿，居然白板野人家。 百钱湖上输奇石，四季墙根树杂花。 尽有功名宜置却，酒杯诗卷送年华。"

停云馆是否与倪云林有关呢？ 没什么关系。 为什么起名"停云"呢？ 熟悉陶渊明诗的人，当会记得《停云》一诗，而且有短序："停云，思亲友也。 樽湛新醪，园列初荣，愿言不从，叹息弥襟。"所以，文林仰慕的其实是陶渊明。 和他父亲文洪一样，钦羡渊明的回归田园。

文林的宦途

文徵明的父亲文林在他三岁那年，中了成化八年壬辰（1472）的进士。这科的状元吴宽是苏州府长洲县人，是文林的小同乡，后来成为挚友，也因文林之请托，亲自教过文徵明如何写古文。

文林的仕途当然不如吴宽（仕至礼部尚书），但也还过得去。中进士之后就担任永嘉县令，带着全家上任。永嘉县虽然地处浙江东南滨海，稍嫌偏僻，但还算是富庶之乡。沈周写过一首诗，送文林上任："载书作县一轻车，任喜南方且近家。山上层城连北斗，海边名郡说东嘉。吏疏牍事常无讼，鸟下公庭早散衙。此去三年成卧治，试看鸂鶒到金沙。"笔下的文林是个爱读书的儒生，轻装上任，随身行李主要是书籍。沈周还祝愿这个七品官公庭清闲少讼，卧治三年，就可升迁。

文林在永嘉当县令，一当就是七年，直到他父亲文洪逝世，丁忧守制，才离开永嘉。这期间，文家有些比较大的变动，先是1475年，文洪出任易州涞水县教谕，在迢迢千里外的北方，一家分居南北，不是长远之计。于是他妻子于次年带着二子一女回到苏州，治理家业。岂料回去不久就病死了，文徵明兄弟只好依外祖母及母舅生活，女孩也夭折了。又过了两年，文洪告病回家，不到一年就去世了，文林因此结束了永嘉的职位。

文林守制三年后，1482年任博平知县，文徵明也跟着去了博平。又三年，1485年补南京太仆寺丞，是管马政的官，治所在滁州，徵明也随侍左右。这个与马为伍的官，文林一直当到 1492 年，居然有八年之久，才告病返乡。 回家乡后，筑了停云馆，效法陶渊明思亲归田的做法。

他在家乡休息了六年，到 1498 年，又被朝廷征召，出任温州知府。 在上任途中，经过金华，想起二十多年前初任永嘉县令的情景："感昔年少壮，挈家来宦游。 官卑无馆传，六口聚民舟。 时时搁浅滩，乱石雷声侔。 到县禄不给，送妻还故州。 廿载复经行，白发被满头。 ……"怀念故妻，无限感喟中，似有不祥之兆。

一年后，文林死在温州任上。

文徵明九次落第

在一般人的心目中，文徵明（1470—1559）诗书画三绝，是一代儒宗，明代中晚期苏州最受尊崇的文人艺术家。很难想象他一生都在考试，努力科场，又一次接连一次，名落孙山。从1495年开始，他每隔三年，从苏州到南京去应试。除了1501年秋试那一次，因父丧在家守制，不能应考之外，他一共到南京去考了九次，前后达二十七年之久，从二十六岁考到五十三岁，次次败北。最后，他放弃了科举成名的希望，以诸生的身份（也就是俗称的秀才）贡荐于朝廷，授翰林院待诏，当然是个芝麻绿豆官，开始了他的仕途生活。

九次赶考，九次落第，一次次带着希望到南京，又一次次抱着遗憾回苏州。文徵明每次赶赴南京的心情究竟如何？是充满了紧张与兴奋，还是恐惧与不安？到了后来，是不是麻痹了，还是充满了悔恨？每次落第回乡，是充满了羞惭与失望，还是自我激励，下次再来？抑或是感到这是人生不可避免的困境，已经十分厌恶了，却不得不做？苏州文家寒微出身，高曾祖父两代赘婿，到了祖父才弃贾从儒，中了举人，父亲中了进士，光大了门楣。自己能不继续努力，维持家声吗？

文徵明科场蹉跎，自己是怎么想的？

他在1501年本应第三次赴试南京，却因父丧在家守制。好友钱同爱、徐祯卿联袂到南京去应试，他写了一首诗《怀钱孔周、徐昌国，时应试南京》："停云寂寞病中身，旅梦秦淮夜夜新。见说踏槐随举子，终期鸣鹿荐嘉宾。人言漫浪真无据，吾道逶迤合有伸。 想见马蹄轻疾处，薄罗微染帝京尘。"
可以看出自伤寂寞，感慨自己在家中停云馆里抱病（主要是心
病），没法和好友一道赴南京考试，连做梦都梦到了南京的秦
淮。 梦到秦淮并不见得是秦淮歌舞伎馆，而是秦淮河畔的考
场贡院。 希望好友考试顺利，春风得意马蹄疾，最后都可以
赴鹿鸣宴。 自己虽然不能赴考，想得功名的愿望却呼之
欲出。

这年的秋试，徐祯卿中了举人。

离群的孤雁

文徵明在 1501 年秋天，因为父丧守制，无法和好友钱同爱、徐祯卿一起到南京去应考，感到十分遗憾，写了《怀钱孔周、徐昌国，时应试南京》一诗。 后来又写了一首《中秋》，显示了他落寞的心境："空庭坐久眼双清，烂烂银盘转夜分。 未论晴明同四海，不妨点缀有微云。 花间顾影狂能踏，水上吹箫静独闻。 万里秋风鸿鹄举，可应回首惜离群。"

一个人坐在空庭中，看着灿烂的中秋月圆转入夜分。 四海同此月光，最容易思念亲朋好友。 可是此刻的文徵明，却像李白对月独酌一样，在花间看着自己孤影，独自听着在水面起伏的箫声。 心里想的，则是朋友在万里秋风中如鸿鹄一般翱翔，自己则像离群的孤雁，不知伴侣是否在那里回首张望。

这首诗写得有点凄凉落魄。 中秋是团圆的日子，自己又在家中，为什么因为好友应试南京，而产生如此强烈的孤寂感呢？ 当然是因为自己的前途茫茫，短期内功名无望，想到好友可以鸿鹄一般，大展抱负，而自己却困守家园池馆，不禁凄然。

明代科举制度，每三年乡试一次，中试者为举人。 考试的时间是八月，第一场是八月九日，第二场十二日，第三场八月十五日，正是中秋。 所以，文徵明这首《中秋》诗，固然是咏中秋佳节不能与好友相聚，其中还有一层特别的背景，就是这一年的中秋，正是南京乡试进行之时，而自己却因为家难不能参加，又蹉跎了三年时光。

这一年的乡试，钱同爱（孔周）不第，徐祯卿（昌国）中举。 中举的徐祯卿当然要进京赶考，参加次年春天的会试，会试二月举行，三场考试分别是二月九日、二月十二日及二月十五日。 会试成功，就可以接着考廷试，在三月初一举行，其实就是象征性由天子钦点，荣登进士。 徐祯卿在 1502 年春天的会试落第，回到苏州。

因此，文徵明在 1502 年夏天有诗《停云馆与昌国闲坐》，其中有句："笑谈未觉风流减，违阔翻怜契分深。"好友毕竟是好友，交情还是那么深。

欲读已茫然

　　读书的目的是什么？ 这是读书人时常自问的问题。 若是为名为利，全从功利着眼，何必教人读书？ 教人读功利入门、功利导读、功利大全、功利百科全书就行了，何必读圣贤书，何必读古典名著？

　　假如读书不只是为了名利，读书的目的不纯是功利，那么，为什么要读专为考试之用的书籍？ 这是许多学生不断问的问题，也是科举时代有思想的青年问的问题。 文徵明在1493 年，二十四岁时，还有两年才开始他第一次赴南京乡试，写了一首诗《不寐》，前半是："孤坐忽不乐，挑灯当我前。 素书横几案，欲读已茫然。 当年念有负，誓志轶前贤。 富贵亦何物，未老已自怜。 嗟哉昔恶闻，零落今同焉。"年轻时有抱负、有理想，读圣贤书为的是济世经国，绝不是为了自己个人的富贵。 然而，现在读的书，都是为了个人的功名利禄，都是当年讨厌鄙夷的东西，挑灯夜读，摊书在桌上，看到的是自己的同流合污，因此，"欲读已茫然"。

　　此诗的下半："幽人清不寐，抚枕中夜起。 缅怀百年上，终作何事已？ 昔贤重垂名，老大吾已矣！ 虽亦知所驰，竟累贫贱耻。 读书殊故念，盗窃谋禄仕。 拙哉末岁期，电露焉足恃？ 叹息良不禁，还坐惭素几。 昏灯黯欲减，细雨方弥弥。 安得百年人，相对慰悲喜。"

　　晚上睡不着觉，夜半醒来，思考人生意义，活着究竟是为了什么？ 颇有阮籍《咏怀》之意："夜中不能寐，起坐弹鸣琴。 薄帷鉴明月，清风吹我襟。 ……徘徊将何见？ 忧思独伤心。"阮籍的忧思是经历了世情险恶的感怀，而文徵明二十四岁的不寐忧思则是青年的迷惘，不知道读书为什么。难道真是为了功名利禄，为了摆脱贫困的家境吗？那么，读书岂不是与以前的理想无关，只是为了欺世盗名，谋取仕宦利禄吗？如此，岂不可耻吗？实在想不通，然而，想来想去，还是得回到书桌旁，面对着昏灯细雨，继续为科举考试而努力。

写了这首诗两年以后，文徵明初次赴南京应乡试，也就是考举人。结果，名落孙山，只好开始了他漫长的考试生涯。这一考就是二十七年，考到五十三岁，最终还是没有成功。

《桃源问津图》

　　文徵明在八十五岁时画了一幅《桃源问津图》卷，纸本设色，高 23 厘米，长 578.3 厘米，现藏辽宁省博物馆。 我看到的画卷，是两本大型画册的复印，在分色上稍有浓淡之差，但大体上应该忠实反映了原作的面貌。 特别是人民美术出版社的《文徵明精品集》，按原大复印，皴法笔触历历在目，可以看出画家惨淡经营的功夫。

　　《桃源问津图》描绘陶渊明的《桃花源记》，是中国绘画史上常见的题材，也有不少精品，然而，到了八十五岁还能画出这样细腻而遒劲的笔墨，大概是绝无仅有的了。 画卷以盘虬的双松开始，苍翠浓郁，气势阳刚，十分抢眼，但却是作为"楔子"之用的引景，反衬溪边桃花林的柔美婉变。 文徵明在卷首的构图营造，虚实相间，浓淡相映，一张一弛，文武之道尽矣。 施了淡彩的桃花林，在溪谷的岚气之中隐约蜿蜒，山重水复疑无路，才是正题。

　　说到抢眼的苍松是构图的"楔子"，你就会发现这幅图卷原来打了好多楔子，是文徵明整体画面安排的"桩脚"。 渔人缘溪而上，弃舟入洞之后，一片山岩林木呈现画卷，尽处又是苍松矫姿，再来就是田野平隰，进了桃花源。 松林再现的时候，已是屋宇人家，鸡犬相闻，"黄发垂髫，并怡然自乐"。 苍松成了图卷展现故事的"过场"，自自然然把主要的场景间隔开来，使我们看到了桃花源中"有良田、美池、桑竹之属"，还有"设酒杀鸡作食"之景，以及村人"咸来问讯"，伸头探脑的场面。 卷终的画面，松林翳入峰峦险阻，云深不知处。

　　很难想象，以八十五岁的高龄，还能经营出如此细密谨严的构图，而且一气呵成，笔墨是无限苍劲之中，流露了有余不尽的矜持。　丝毫不见火气，好像一切都是自然天成，好像画家不费吹灰之力。　我只有衷心的钦佩与景仰。

　　倒是由此想到了日常亲近的一位前辈，也是诗书画三绝，也到了文徵明画《桃源图》的年纪了。　祝愿他还能再画上半个甲子。

文震亨的《长物志》

文震亨（1585—1645）的《长物志》是本奇书，而且是一本极有见地的奇书，讲的是日常生活的品味，身边琐物的鉴赏。"长"字在此音"帐"，去声，是多余的意思。俗语有"身无长物"，意即身边没有多余的东西，一身萧条。文震亨这本书则专谈"长物"，谈生活乐趣的营造与体会，并把生活乐趣提升为艺术的品味。

全书分十二卷，第一卷讲"室庐"，即是居住生活的空间艺术，第二卷"花木"，即庭院中种植的观赏花木果树之类。然后依次为"水石""禽鱼""书画""几榻""器具""衣饰""舟车""位置""蔬果""香茗"。此书并不罕见，版本甚多，最常见的是《粤雅堂丛书》本，《丛书集成初编》本、《美术丛书》本。江苏科学技术出版社在1984年出的陈植校注本《长物志校注》，是迄今为止最精审的本子，而且注释详细谨严。用陈从周的话来说："其引证之渊博，考订之详实，非流辈所能望及者……如郦道元之注《水经》，刘孝标之注《世说》，映带原文，增其隽永，有助于后学……"

其实，文震亨《长物志》这本书之奇，就在品位之高、鉴赏之精，"非流辈所能望及"，而又以简明隽永文字标出高超脱俗的见地。与《世说新语》相比，一书谈人物，一书谈长物。反映中国文化与艺术境界，相得益彰。

请看卷一"室庐"的导言："居山水间者为上，村居次之，郊居又次之。吾侪纵不能栖岩止谷，追绮园之踪，而混迹廛市，要须门庭雅洁，室庐清靓。亭台具旷士之怀，斋阁有幽人之致。 又当种佳木怪箨，陈金石图书。 令居之者忘老，寓之者忘归，游之者忘倦。 蕴隆（暑热）则飒然而寒，凛冽则煦然而燠。 若徒侈土木，尚丹垩，真同桎梏、樊槛而已。"

说得多么好，多么了解生活空间要清雅舒适，冬暖夏凉。装修得雕梁画栋，反而制造空间的压迫感，变成建造樊笼监牢了。

停云馆

　　明代的法帖之中，《停云馆帖》非常重要，可以说是继往开来的书法里程碑。　这部汇帖，原来是十卷，后来增至十二卷，从 1537 年至 1560 年，前后经历了二十四年，是文徵明父子从事的浩大文化工程。　法帖汇集了晋唐小楷、唐人真迹、宋元明书牍等，琳琅满目，对当时人学习书法，浸润书法艺术，提供了一大批珍贵的材料。

　　文徵明的居所在苏州三条桥西北曹家巷，中有停云馆，原为他父亲文林所筑。　除了到北京服官那段时间，徵明一生都住在老家，也就是伴着停云馆的春花秋月，直到寿终正寝。停云馆建于文林由南京太仆寺丞病归故里之时，即 1492 年，这一年徵明二十三岁，因此，停云馆与徵明有着七十多年的相契相知。

　　文林写过一首《停云馆初成》，其中有句："居（一作屋）西隙地旧生涯，小室幽轩次第加。"显然是在祖居的空地上加盖房舍，建成停云馆，"小室幽轩"也说明只是小小的雅舍，不是高敞的厅堂。　文林的《文温州集》卷一，还有一首《还家十韵》，前半段说："中外驱驰二十年，暂依桑梓息尘缘。　岂无薄禄总非计，幸已还家莫问田。　岁久先庐从敝甚，水边乔木故依然。　过从喜有贫亲戚，检理犹存旧简编。　千载秋风三径菊，一篙春水五湖船。"可以看出文林告病还乡，并不富裕，停云馆是在先人的产业上加盖的新屋。　亲戚故旧依然，让他感到自己宦归，颇似陶渊明归园田的心境。　因此，新居取名为"停云"，当然是根据陶渊明诗的意旨而来。

文徵明一生都住在停云馆，又刻了《停云馆帖》，流行天下，使得这处居所名声远播。但停云馆其实是相当普通的住家，并没有特别出色的池馆亭台。《文氏族谱续集》说："待诏公停云馆，三楹。前一壁山，大梧一枝，后竹百余竿。悟言室在馆之中。中有玉兰堂、玉磬山房、歌斯楼。"陈继儒的《太平清话》也说"文衡山先生停云馆，闻者以为清闳，及见，不甚宽敞。先生亦每笑谓人曰，吾斋馆楼阁，无力营构，皆从图书上起造耳。"虽是笑谈，也蕴藏着几分遗憾与感慨。

品
茗
與
聽
曲

茶的起源

关于茶的起源，是学术界始终说不清楚的问题。 有人对此问题作了一番界定，有助于讨论，可以避免不相干的纠缠。即是，第一，问茶的起源，不是问茶树这种植物的起源，而是问人类种植茶树的起源，也就是茶树人工栽培植育始于何时。第二，问茶的起源，也是问人类饮茶或吃茶始自何时。 按道理讲，一定是有人饮用吃食，才会栽培植育，因此，这两个问题是相关的。 同时，这两个问题也排除了原先茶树始于何时的探究，因为原生茶树的历史是植物的历史，不是人类饮茶的历史，自有古生物学家去研究，不属人类饮茶历史的范围。

陆羽的《茶经》在"六之饮"一节，说到"茶之为饮，发乎神农氏"只是推测之词。 对照下一节"七之事"来看，可知他的根据是《神农食经》所说的"茶茗久服，令人有力悦志"。 有些学者据此引申，说神农氏属史前神话期的传说人物，故知茶之饮用当从新石器时代，大概六七千年前开始。

这种推测，虽然有可能"歪打正着"，却完全不合乎逻辑，也不合乎基本的学术分析。 托言神农，是托言于农业起源的文化英雄；说农业起源于神农，就是说农业起源于"农神"，等于没说。 何况，农业起源之时为什么就是开始饮茶之时？ 除了一条古代传说，说神农氏尝百草中毒，吃茶才解了毒，别无可靠根据，全属道听途说。

再说，陆羽根据的《神农食经》，当然不是神农氏所撰，其来源最古也不会超过战国，而当系汉代的资料。 因此，所谓"发乎神农氏"，细究其资料来源，最早也不可能早于战国时期，也就是两千五百年前。

我们可以换个方式来问茶饮的起源：孔子有没有饮过茶？他和弟子们在陈绝粮时，有没有带茶叶？ 孟子有没有饮过茶？ 他去见梁惠王时，梁惠王可曾赐他一碗茶喝？

我们不知道。 当然，不知道并不表示当时没有人喝茶。可是，春秋战国时期饮茶的证据何在？ 没证据，能说吗？

河姆渡有茶文化？

近来读到一本《浙江茶文化史话》，因为其中提到河姆渡文化遗址有茶的线索，颇为好奇。 假如真如此书所说，则中国饮茶起源，早在七千年前就已成形，而且是在浙江，与目前学界一般的共识大不相同，是茶史研究的重要发现，不亚于河姆渡发现稻作文化之轰动了。

所以，坐下来仔细读读。 读来读去，才发现作者逻辑混乱，论证颠来倒去，胡说八道。 本来不想理他，因为天下胡说八道、颠倒黑白的记载太多，若都去驳斥，正事就不必做了。 但再一看，此书是"浙江文化史话丛书"之中的一册，主编似乎颇有学术地位，而作者更自称是茶文化史的专家，还主持过中国茶叶博物馆的筹建及陈列方案的设计，不禁大吃一惊。 为免谬种流传，以讹传讹，也只好费点笔墨，稍作驳正。

据我们所知，河姆渡文化遗存根本没有任何关于茶的资料，但作者（自称曾在杭州市考古所工作，只是不知做什么）却说有些陶块上的芽叶纹饰就是茶叶。 作者所举的例证，是河姆渡"第四文化层中出土的一件刻划猪纹方形陶钵，猪身的大半部分被两对含芽双叶纹所占据"。 这件陶钵我也见过，可就是没有作者的洞察力与想象力，根本看不出茶的痕迹。

再仔细读读本书的论据，发现作者说的茶是"原始茶"，而"原始茶"原来不是"茶"，而是"非茶之茶"，"是由各种植物、动物（！）等为原料合煮而成"。 只要是用陶器煮的，都可以归成原始茶，因此，"河姆渡人的主食必为菜粥、杂羹类食物，也即'原始茶'无疑了"。 原来是釜底抽薪，把茶的定义偷换了，因此，河姆渡就有了茶文化，浙江的饮茶历史突然就上溯到了七千年前。

　　作者大概不知道古埃及人及古巴比伦人，就连更早的苏美尔人，在七八千年前也用陶器煮菜羹肉糜。那么，我们是不是说，原来古埃及、古两河流域也有茶文化，因为他们也有"原始茶"？茶文化可以这样研究，指鹿为马，称一切煮羹的动植物（居然可以包括动物）为茶，难怪现在的茶文化研究已经蔚为大观。

茶之为用

陆羽《茶经》在第一节中，就讲到"茶之为用"，也就是茶的功用，主要从实用角度来说，强调的是对身体好，健身解乏。这并不是说，陆羽只重视茶的药性功用，只关心茶的物质性作用，因为书中后面几节就讲到饮茶与精神境界的关系。但是，一开头讲茶的功用，先讲实益的药用，是很有道理的，是先强调了茶的客观属性，对人体有确实的影响，而且是有益的影响。

这段话是这么说的："茶之为用，味至寒。为饮，最宜精行俭德之人。若热渴、凝闷、脑疼、目涩、四肢烦、百节不舒，聊四五啜，与醍醐、甘露抗衡也。采不时，造不精，杂以卉莽，饮之成疾。"

学者们对"为饮，最宜精行俭德之人"的断句读法有争议。有人认为，应当读作"为饮最宜。精行俭德之人"。我则以为，从全文上下语气而言，关系不是那么大，而以前者为宜，因为陆羽特别标出"精行俭德之人"，而不是说一般人、普通人、所有的人，就是有选择，认为对某一类人最合适。因此，不管句读的安排是前者还是后者，"最宜精行俭德之人"的意思是在的。这其实反映出一个重要的消息：陆羽对最适合喝茶的人，给了一种价值倾向的归类。他虽然在讨论茶的客观作用，却对某一类人最适合喝茶，做了一种性格的归纳——"精行俭德"。

茶的药用，可以解"热渴、凝闷、脑疼、目涩、四肢烦、百节不舒"等病症，喝上四五口，就有功效，可以和醍醐、甘露这样的仙丹妙药相比。 这种功用，应当对所有人都有效，为什么要特别提出"精行俭德之人"？ 难道只有精行俭德之人才得这种毛病，喝茶才有效？ 当然不是。

由此可见，即使在探讨茶的客观物质性作用之时，陆羽心目中都存着一种典型的喝茶人，就是像他自己、像他的朋友同好一样的"精行俭德之人"，也就是与精神境界体会有关的人，可以提升喝茶成为"茶道"的人。

峡州碧涧茶

陆羽《茶经》的第八节，讲茶在唐代的产地，首列"山南"地区，即是今天秦岭以南的陕南、巴东、湖北一带，"以峡州上，襄州、荆州次，衡州下，金州、梁州又下"。也就是说，这一带的茶，出产在峡州的是最上品。陆羽还说："峡州生远安、宜都、夷陵三县山谷。"这三县都在今天的湖北宜昌一带，在唐代是出产名茶的地方。

唐李肇《国史补》列举天下名茶："剑南有蒙顶石花，或小方，或散芽，号为第一。湖州有顾渚之紫笋。东川有神泉小团、昌明兽目。峡州有碧涧、明月、芳蕊、茱萸簝。……"明确把峡州的茶叶标为名种。

唐杨晔《膳夫经手录》亦列蒙顶茶为第一，湖州顾渚茶为其次，再来就是峡州的茶了："峡州茱萸簝得名，近自长庆稍稍重之，亦顾渚之流也。自是碧涧茶、明月茶、峡中香山茶，皆出其下。夷陵又近有小江源茶，虽所出至少，又胜于茱萸簝矣。"

因此，峡州出的名茶，就有碧涧、明月、芳蕊、茱萸簝、香山、小江源等名目。唐末诗人郑谷《峡中尝茶》一诗："簇簇新英摘露光，小江园里火煎尝。"还特别标出小江园（源）茶。到了明代，钱椿年撰、顾元庆校的《茶谱》及高濂《遵生八笺》，都还沿袭唐宋的说法，说"石花最上，紫笋次之。又次，则碧涧明月之类是也。惜皆不可致耳"。

天下名茶，当然难得。明末有一条关于江南奴变的资料，也反映了峡州碧涧茶的珍贵。《金沙细唾》记金坛奴变，四五万人暴动，把豪强地主绑了起来，拖到城隍庙中，棒打虐待。"绅平生爱品茶，以峡州碧涧、阳羡天池为最。 奴奉命采茶者，必计时日返，迟则受笞。 至是，杖主迄，捽出庙门，群溺之。 旋以秽溲一提，灌其喉曰：试尝此碧涧春也。"

这些参加暴动的叛奴，手段狠毒不说，虐待人的花样未免也过于翻新。 不过，因为酷爱峡州碧涧茶，而遭到如此酷刑，只好说是报应，下了口腹地狱了。

谁谓荼苦

有朋友从台湾来，送了我一罐高山茶，说是特级珍品。茶罐上还印了一段解说，讲了茶的古文献资料。这段文字先说茶字的本意是苦茶，并引了古代字书《尔雅》："茶，苦茶也。"然后又举《诗经·北风》为例："谁谓荼苦，其甘如荠。"

看了之后，只好大为摇头，因为这段解说有两重大错，一是字错，可以怪校对的人，二是知识性错误，就不能怪"手足之误"了。这种错误的知识随着茶罐到处流传，害人不浅，倒是需要辨正。

《尔雅·释草》："荼，苦菜。"说的根本不是茶。《诗经》没有《北风》，只有《邶风》；《邶风·谷风》也没有"谁谓茶苦"，只有"谁谓荼苦"。《毛传》的注解也很清楚："荼，苦菜也。"古人使用"荼"字，意义很明确，指的是苦菜，不是茶。顾炎武在《日知录》中指出，唐代以前没有"茶"字，也就是说，在唐代，人们才从"荼"这个概括"苦菜"的字，分出别类，创造了"茶"字。

那么，我们可不可以说，既然唐代以前"茶"包括在"荼"字类下，《诗经》里提到的"荼"也有可能是茶呢？那就要具体来看了。绝不能说，苦菜类下也可能包括了尝起来有苦味的茶，因此苦菜就是茶。这是只要上过大一逻辑就该知道的基本思辨常识。

《谷风》是一篇弃妇的怨辞。朱熹说："妇人为夫所弃，故作此诗，以叙其悲怨之情。"诗中打的比方，"采葑采菲，无以下体"，"谁谓荼苦，其甘如荠"，都是可以食用的蔬菜。 葑是蔓菁，即大头菜；菲是萝卜；荼是苦菜；荠是带甜味的菜。 一概与作为饮料的茶无关。

更需要指出的是，上古虽无"茶"字，而以"荼"字概括了"苦菜""茶"及其他植物（如"荼蓼"），并不表示古人对这些不同的植物没有清晰的区别。 别忘了《尔雅》的荼，是"释草"，列为草本植物，是苦菜。《尔雅》中还有"槚"字，"槚，苦荼"是"释木"，列为木本植物。 因此，"荼"指苦菜，"苦荼"才是茶。

有女如荼

古代没有"茶"字，只有"荼"字，因此，说到茶的时候，就写"荼"字。这造成了今天理解上古使用"荼"字的困扰；也使一些人在追溯饮茶起源时，以为《诗经》里已经说到了茶，一定就是今天的茶了。当然不是。

我已经说过，《诗经·邶风·谷风》的"谁谓荼苦"指的是草本的苦菜，不是木本的茶。《郑风·出其东门》里也提到了"荼"，是不是茶呢？

当然也不是。假如是的话，难道"有女如荼"要解释成"姑娘尝起来像茶叶一样苦"吗？那么，荼字在这首诗中是指的什么呢？

全诗不长，如下："出其东门，有女如云。虽则如云，匪我思存。缟衣綦巾，聊乐我员。出其闉阇，有女如荼。虽则如荼，匪我思且。缟衣茹藘，聊可与娱。"前一段说，出了东门，看到姑娘多得像云彩一样，却都不是我思念的。我思念的姑娘，穿着皎白的衣服系着青巾，可以使我高兴。后一段是，出了城门，看到姑娘多得像"荼"一样，却都不是我所思恋的。我思恋的姑娘，穿着皎白的衣服系着绛巾，可以使我心娱。

这里的"荼"，是与前段的"云"相对应的，用来形容繁多茂盛。不但不是茶，也不是苦菜，而是荼蓼，也就是朱熹说的"荼，茅华，轻白可爱者"。指的是茅草开的白花，在郊野一片一片的，极为繁盛，可以拿来与云彩之多作比。

我们现在还时常使用一个成语"如火如荼"，形容情况热烈，方兴未艾，有蔓延甚或燎原的势头。 这个成语里的"荼"，与"有女如荼"的"荼"是同样的字源，都是指白花花的茅草花，真是"野火烧不尽，春风吹又生"。

因此，《诗经》或其他先秦典籍出现"荼"字，可以有不同的意义，千万不要认准了一个死理，以为"荼就是茶"，胡乱引申到饮茶起源的问题上去。

请问，古人说"如火如荼"，会是在说"像火焰一样，像茶叶一样"吗？

七碗茶

九世纪初的唐代诗人卢仝，自号玉川子，写过一首诗《走笔谢孟谏议寄新茶》。诗题不怎么吸引人，不过是说动笔写诗，感谢姓孟的谏议大夫寄了新茶来。可是，其中有几句，却是脍炙人口："一碗喉吻润，二碗破孤闷。三碗搜枯肠，惟有文字五千卷。四碗发轻汗，平生不平事，尽向毛孔散。五碗肌骨清，六碗通仙灵。七碗吃不得也，惟觉两腋习习清风生。"

这就是一般通称的"七碗茶"，不但古人诗词常引作典故，现代更是普遍。在台湾，甚至有家连锁快餐店以此作招牌，还把卢仝的诗句制成布招，招徕顾客。有趣的是，快餐店不卖大碗茶，却卖大碗面，大概是希望顾客连吃七碗吧。人人都引"七碗茶"的后果，是一般人以为卢仝的诗题就是《七碗茶》，而全诗就是写的连喝七碗茶，快活似神仙。

其实，这一段只是全诗的中间部分，固然生动活泼，却并不能代表全诗的蕴意。全诗共三段，波折起伏，相当精彩，不但说了喝茶的乐趣，也反映了诗人的人道关怀。

第一段写诗人白天睡大觉，突然有人叫门把他吵醒，却是孟谏议寄来的新茶。这就使得诗人联想翩跹，想到惊蛰以后茶民入山采茶，上贡朝廷。"天子须尝阳羡茶，百草不敢先开花。"多么大的威势！这样采下的嫩芽，当然是上好的茶叶，居然自己也得到馈赠，便高高兴兴煎来吃。第二段写的是连喝七碗的情景，简直是飘飘欲仙了。可就在登仙羽化之际，诗人笔锋一转，在结尾一段问道："安得知，百万亿苍生，堕在巅崖受辛苦! 便为谏议问苍生,到头合得苏息否?"

这个转折,使飘飘然的自我陶醉,回到了人间,想到亿万劳动的老百姓,为了采茶而在巅崖受苦辛。 还盼望谏议大夫能有行动,使百姓得以苏息。 读来不禁令人想到杜甫的《茅屋为秋风所破歌》,充满了同情与爱心。 毛姆有本小说,叫《茶与同情》,当然与卢仝无关,却很贴切地形容了卢仝的诗。

苏州虎丘 *茶

读晚明人写的笔记，经常就会看到"虎丘茶"这个名目，而且总是盛赞虎丘茶如何如何好，甚至有誉为天下第一的。如明末苏州状元文震孟就说："吴山之虎邱，名艳天下。其所产茗柯，亦为天下最，色香与味在常品外。如阳羡、天池、北源、松萝俱堪作奴也。"乾隆中叶刊刻《虎邱山志》也引卜万祺说："色味香韵，无可比拟，茶中王也。"

这么有名的"天下最""茶中王"，怎么后来销声匿迹了呢？现代人到杭州西湖去旅游，一定有人招揽你去城郊的龙井村买龙井茶，可是你到苏州去游虎丘，就没有人会提到曾是天下第一的虎丘茶，这是怎么回事呢？

其实，答案也简单，而且合情合理：以前有，而且是天下第一；后来不种了，没有了，所以人们也不知道了。

那么，又有疑问了：那么好的茶，为什么不种了呢？

《虎邱山志》有一段记载："虎邱茶。出金粟房。叶微带黑，不甚苍翠，点之色如白玉，而作豌豆香。……明时有司以此申馈大吏，诣山采制。胥皂骚扰，守僧不堪，薙除殆尽。……后复植如故，有司计偿其植（值），采馈同前例。睢州汤公斌开府三吴，严禁属员馈送，寺僧亦疲于艺植，茶遂萎。"

虎丘茶是山上庙里和尚种的，金粟房是虎丘山上十八房寺院之一，在竹亭房北，罗汉堂前。 因此，只是在山中寺院隙地上种植，所产有限。 文震孟《薙茶说》指出："然所产极少，竭山之所入，不满数十斤。"当政府官员视之为宝物，大肆搜刮，严令寺僧缴纳，以供馈赠大官，就搞得鸡犬不宁，以至和尚最后干脆破釜沉舟，把茶树全砍了，死活拉倒。 后来又再种过，还是被官府搞得疲于奔命，直到汤斌巡抚三吴，严禁馈送，才算是免除了劫难。

虎丘茶为天下最，却给种茶人带来无穷的灾难，因此，没有人再去艺植痛苦的根苗，也就没有了虎丘茶。

利玛窦说茶

利玛窦于 1582 年抵达澳门，1610 年死在北京，在中国居留了二十八年。 他晚年用意大利文把自己在中国的经历写成札记，后来由金尼阁带回欧洲，并译成拉丁文刊行，流传甚广，被译成各种文字，对欧洲的知识界影响深远。

利玛窦介绍中国，先综论了名称、位置与版图，再介绍物产与工艺。 他说中国地大物博，有三种东西是欧洲人完全不知道的，一是茶，二是漆，三是硝石。 茶是饮料，漆是涂料，硝石是制焰火的原料。

利玛窦对茶的了解，大体是正确的，如说茶是一种灌木的树叶，古书上没有"茶"字，等等。 生活在中国二十八年，总算没白活，居然知道古书上没有"茶"字。 不过，也有推测错的地方，如说"也可能同样的植物会在我们自己的土地上发现"，是以为欧洲也许有茶树，只是欧洲人不知道可以采叶制茶泡来喝。

利玛窦与中国人打交道，当然时常要喝茶，不过对其苦涩的口感似乎不甚欣赏："在这里，他们在春天采集这种叶子，放在阴凉处阴干，然后用干叶子调制饮料，供吃饭时饮用，或朋友来访时待客。 在这种场合，只要宾主在一起谈着话，就不停地献茶。 这种饮料是要品啜而不要大饮，并且总是趁热喝。 它的味道还不错，略带苦涩，但即使经常饮用也被认为是有益健康的。"（何高济等译）

他对制茶工艺的晒青、蒸青、炒青各道工序，显然并不明了，只知道茶要品尝，不可牛饮，还知道要趁热喝。

他倒是知道日本人喝茶的方式与中国人不同："他们（日本人）把它磨成粉末，然后放两三汤匙的粉末到一壶滚开的水里，喝这样冲出来的饮料。中国人则把干叶子放入一壶滚水，当叶子里精华被泡出来以后，就把叶子滤出，喝剩下的水。"利玛窦说的是明末时期的情况，的确如此。却没有人跟他解释过，日本人喝粉末茶的方式，是中国唐宋时期的喝法，是日本人向中国人学了，却相沿未变的饮茶之道。

碧螺春

　　某年初夏，朋友送了一罐碧螺春，说可能是明前。 一尝，确是上品，比我前一年清明亲到西山看茶农现炒的还好，叶芽之纤细，用"雀舌"来形容还嫌大了些。 我有一只瓷胎极薄、散温很快的仿古蓝釉白瓷茶碗，注满了热水，把一撮碧螺春抛投在水面上，看微卷的茶芽慢慢舒展开来，徐徐下沉，碧绿碧绿的，像深山澄潭映着岸边的草木，好像山水清音都凝聚在碗中。 碗面上浮着一层细细的绒毛，光影交映，喝在口里，那一股清香，似乎还带着洞庭山的岚气。

　　有不少品茶专家以为，喝碧螺春要用玻璃杯，然后待开水降温到七十至八十摄氏度之间，再以"凤凰三点头"之式冲泡，便有"雪浪喷珠，春染杯底，绿满晶宫"的美感。 在一些茶艺馆里，还有茶艺小姐手持温度计，量壶中水温，然后口中念念有词，背诵专家编的口诀，为你斟上一杯极品碧螺春。我不反对用玻璃杯，可是看到小姐们手执温度计，总觉得像到了医院，护士来给你打针了。 至于呢喃的口诀，听来就像巫医治小儿风邪的咒语："天皇皇，地皇皇，我在这里泡茶汤。过路君子尝一尝，满口芳香好茶汤。"这套据说有文化提升作用的茶艺，说穿了只是商品经济的噱头，骗着大家去附庸风雅。 因此，我还是用我的薄胎白瓷茶碗，也没有温度计来量水温。 开水入碗，自然散热，觉得差不多了，投茶于水（也只是过滤后的自来水），自得其乐。 喝茶嘛，有点闲情逸致才好，精准太过就像做化学实验了，那还有什么雅趣可言。

　　俞樾的《春在堂随笔》，说他住在苏州时，经常有人送他碧螺春，却都不是佳品。 后来有位朋友送了一小瓶极品，"色味香俱清绝。 余携至诂经精舍，汲西湖水，瀹碧螺春，叹曰：'穷措大口福，被此折尽矣！'"百年前的西湖水，是否清澈爽口，是很难说的。 但是，"汲西湖水，瀹碧螺春"，想起来却诗情画意，平添了几分风雅。 其实，俞樾的诂经精舍离龙井、虎跑都不远，汲天下名泉并不难，然而西湖水泡茶感觉也不错，因为别有诗意。

生活在香港，只好喝没有什么诗意的东江水。 那就更不能用温度计了。

《感天动地窦娥冤》

　　《感天动地窦娥冤》是关汉卿的名著，许多当代学者以此作为中国悲剧代表作，说是可与希腊悲剧抗衡。　这出戏充满了悲情与冤屈，写了官府牢狱的黑暗，小女子屈打成招，绑赴刑场杀头，的确是悲苦委屈。　不过，名之为"悲剧"，与希腊悲剧对比，就不免引发悲剧性质与定义的诸多争议。　为免争议，我们姑且学学政客的本领，称之为"具有中国特色的悲剧"吧。

　　《窦娥冤》第三折，窦娥在杀头之前，为了表示奇冤，发了三个愿：一是血不洒地，飞溅丈二白练；二是六月暑天，天降大雪；三是山阳地方，亢旱三年。　在剧中有三段曲文，借着发愿，分别倾诉冤屈。　第一段是《耍孩儿》："不是我窦娥罚下这等无头愿，委实的冤情不浅。　若没些儿灵圣与世人传，也不见得湛湛青天。　我不要半星热血红尘洒，都只在八尺旗枪素练悬，等他四下里皆瞧见。　这就是咱苌弘化碧，望帝啼鹃。"这段曲文结尾用了两个典，都不算冷僻，一是忠臣苌弘遭到冤杀，死后三年其血化为碧玉，二是望帝死后，其魂化为杜鹃啼鸣。　左思的《蜀都赋》有句"碧出苌弘之血，鸟生杜宇之魄"，表示的就是死不瞑目，还有委屈要诉。　企鹅古典丛刊的《元杂剧六种》英译（*Six Yuan Plays*），这一段完全没译，也没说明，混过了事。

　　第二段是《二煞》："你道是暑气暄，不是那下雪天，岂不闻飞霜六月因邹衍？　若果有一腔怨气喷如火，定要感的六出冰花滚似绵，免着我尸骸现。　要什么素车白马，断送出古陌荒阡！"这里的典故，是邹衍能谈天地运化，可以使季节颠倒，六月飞雪。 企鹅版英译，把前五句减缩成一句"Heaven will be moved, be sure, and snow will fall like whirling flock."（天为之感，雪花滚似绵），前面四句都不见了。

难怪洋人说中国文学不精彩、不深刻，因为翻译时都删掉了。

从《西厢记》到《牡丹亭》

　　中国通俗文学传统中的才子佳人主题，焦点是爱情，或用比较古朴的传统说法，是情爱。 现代人用"爱情"两字，有一定的感受与想法，以之形容古人的男女之情，有合拍之处，也有我们今天强加于古人的意识。 山盟海誓，海枯石烂，情深爱笃，终生不渝，是古今都有，普世皆然，超越时空的。 但是，男女两人怎么成为爱侣，怎么会一见钟情，又怎么从一见钟情发展到长相厮守，则古今大有不同，有一个历史发展的过程。 情爱到爱情的观念变迁，是历史上的大题目，然而过去的历史家却很少触及这个领域。

　　我常说，从《西厢记》到《牡丹亭》，是中国爱情观念变迁的重要标尺。 张生及莺莺结合与杜丽娘及柳梦梅的结合，过程是不一样的，而这个不同，不是普通的不同，不是"人之不同，各如其面"的每个人都有所不同，而是重大历史变迁反映出来的不同。 张生看到莺莺，一见钟情，日思夜想，再有红娘牵线，传递情书，已经比"墙头马上"式的爱情进了一步。 但是，张生翻墙而入，与小姐初次相会，就携手共登鸾榻，虽然小姐是半推半就，毕竟成其好事。 这种"传统"式的爱情，岂不和现代的一夜情同样开放大胆？ 到底其中有多少心心相印，有多少感情交流，也就是有多少现代人所说的"爱情"？ 实在难说，看来是男女相悦，阴阳相济的成分多，是生物性大于人文性的。

　　杜丽娘与柳梦梅的结合，是梦中先结合，是理想追求的不屈不挠，生生死死，死死生生，拼上一条命的生死追求。 柳梦梅是杜丽娘塑造的理想郎君，丽娘为了这个理想结合不惜生死，其意义当然不是动物性的本能，不只是古人说的"饮食男女，人之大欲存焉"，而可比拟现代人所说的灵高于肉的爱情。

爱情是否灵高于肉，是更复杂的哲学问题，但基督教文化在中古时期逐渐发展出的爱情观，经过浪漫主义的发展，的确成为现代人的基本认识（或无意识的认识），而忘了中国传统中也有情爱观的演变。 从《西厢记》到《牡丹亭》，再到《红楼梦》，就是最清楚的发展脉络。

世间何物似情浓

由于配合浙江昆剧团来港演出《牡丹亭》，"中国传奇"系列的负责人请我到文化中心去演讲，讲题是"汤显祖与《牡丹亭》"。 讲什么呢？ 这应该是大家熟悉的题目了，老生常谈，听了乏味，但若真是讲我研究的专题，如汤显祖与泰州学派思想的渊源，汤显祖与张居正父子的纠葛等，大家听了非睡觉不可。 讲什么呢？

突然想到《牡丹亭》第二十出"闹殇"中的两句曲词："世间何物似情浓？ 整一片断魂心痛。"这出戏舞台上很少演，即使是全本《牡丹亭》演出，也删得七零八落，成了过场，交代一下杜丽娘慕色而亡，告诉你她真的死了。 因此，这两句戏词，听到的人不多，大家不熟悉，其实倒是《牡丹亭》全剧的点题。

从汤显祖创作全剧的角度来说，也就是创作者构思及感情投入的过程，"闹殇"一出是重头戏。 这出戏用了十七支曲，也就是有十七个唱段，不可不说是浓墨重笔，惨淡经营。 试想，你坐在台下，听这一折，有十七个唱段，比"惊梦"一出还多五个唱段呢，戏份重不重？"惊梦"一出，因为戏太重，有十二个唱段，后来的演出经常剖为两折，前游园、后惊梦，再加上后来舞台演出的需要，多了些舞蹈穿插，要演上个把钟头。"闹殇"真要全演，每一支曲都唱全了，还配上身段动作，恐怕也得演个四十五分钟到一小时。

一小时的戏，只演杜丽娘之死，是不是太重？ 是不是太凄惨、太悲伤了？ 观众坐得住吗？ 会不会觉得不吉利？ 再想下去，没观众来，演给自己看，给自己的艺术追求，给汤显祖的在天之灵看吗？ 所以，也不能怪现代的编剧，"闹殇"只好呈演成一个过场。

不过，杜丽娘之死，是"世间何物似情浓"的具体表现，虽然有点极端，但汤显祖说了，"生者可以死，死可以生。 生而不可与死，死而不能复生者，皆非情之至也"。《牡丹亭》展现的就是这个"情之至"，就是极端的、可歌可泣的爱情追求。

牡丹亭上三生路

汤显祖的《牡丹亭》，自清代以来，就逐渐以折子戏单出的演出形式，取代了全本的舞台演出。陆萼庭据清同治十一年（1872）的材料，知道当时仍然上演的《牡丹亭》，只有原剧五十五出的五分之一左右。到了 20 世纪中叶以后，《牡丹亭》在舞台上经常演出的，不过就是"春香闹学""游园惊梦"及"拾画叫画"。偶尔演演"寻梦""离魂"，已是稀罕事了。

以折子戏形式演出《牡丹亭》，好处是呈现最精彩，最为人激赏的部分，颇似西方歌剧的 highlights。其缺憾则是故事不得首尾呈现，不全。对于传统戏迷来说，戏里的情节完全了然于胸，或许问题不大。但对现代不熟悉戏曲传统的观众，这种呈现就显得支离破碎，难以产生强烈的艺术感染。这种现象，不能全怪观众，只好归诸中国近代社会文化的天翻地覆，造成了巨大的文化转型，新观众与传统戏曲已经有了隔阂。

因此，近几年来盛行演出"全本"《牡丹亭》，有的尽量演出五十五出，有的删成三十五出，但更多的是加入一些过场，串起大家熟悉的精彩折子，好让观众可以看到大体完整的情节。最近看了浙江京昆剧院新排的《牡丹亭》，则是采用原剧前三十六出，经过精心裁剪，着眼在杜丽娘与柳梦梅的爱情，强调有情人"生者可以死，死可以生"，到杜丽娘还魂为止。这样的安排，虽然不能囊括汤显祖全剧的创作意图，但却自有其内在戏剧逻辑，故事首尾呼应，呈现给观众一个爱情超越生死的故事。

许多人都认为《牡丹亭》三十六出之后，就是戏剧结构的"反高潮（anti-climax）"，最后归结于传统的大团圆。我的看法稍有不同。我认为，汤显祖所写的"牡丹亭上三生路"，不是单纯的由生而死，由死再生，就"爱情战胜死亡"了，而是还要通过想象与现实的冲突与交叠，在人世间为爱情找出超越性的"理"。也许，将来浙昆还能再排出最后十九出，让《牡丹亭》得到崭新的诠释。

戏词太典雅

在中国传统戏曲中，昆曲以高雅著称，唱腔优雅，文辞典雅，身段娴雅，是阳春白雪的表演艺术。常有人抱怨，说唱词如此艰深，不知所云，怎么看得懂？应该改良一下，把戏词改成白话，以便推广，至少让现代观众明白唱的是什么。

听起来很有道理，做起来可有困难。先不说传统戏曲唱腔与唱词的配合，是古代剧作家与表演艺人呕心沥血的艺术创作，经过几百年的舞台实践，已经提炼得炉火纯青。怎么改？表面上是改几个字，把文言译成白话，实质上则声腔唱法全跟着动，牵一发而动全身。现代人真有本事改得好，改得不至于荒腔走板吗？

就算不管音乐唱腔的配合，只说文辞，真能改成白话，而不丧失原来的艺术感染吗？你以为现代演莎剧，都已改成通俗易懂的 21 世纪英语了吗？假如都能改良，为什么学校里不教白话杜甫诗、白话唐宋八大家呢？过去的文学家与艺术家，灌注一生的心血，创造出来的艺术，难道轻轻易易就改良得了吗？

且看看汤显祖《牡丹亭》的第二十四出"拾画"，一开头是小生柳梦梅唱《金珑璁》曲牌："惊春谁似我？客途中都不问其他。风吹绽蒲桃褐，雨淋殷杏子罗。今日晴和，晒衾单兀自有残云涴。"词句不好懂，要改，改成白话："谁像我如此怕春天？旅途中别的都不必问。风吹破了葡萄印花的褐衣，雨湮湿了杏黄色的罗衫。今天晴朗，晒床单还看见残云的渍迹。"像话吗？就算你说像话，像白话，你真的就懂了吗？

好，你也懂了，唱唱看。 看你怎么唱吧？

不怎么懂得唱词，其实没关系，戏嘛，多看就懂了。 而且，好戏是耐看的，经典好戏，就是该多看。 一遍不懂，两遍；两遍不懂，三遍；三遍还不懂，四遍、五遍，哎，就懂了。 十遍还不懂？

我可不是瞎说。 还以《牡丹亭》为例，"惊梦"一开头："梦回莺啭，乱煞年光遍。 人立小庭深院。 ……"不懂吗？ 你只要坐在戏院里，看名角登了台，一开口，你就明白了。

《牡丹亭》与澳门

汤显祖的《牡丹亭》，全剧五十五出，是明代戏曲的奇葩，在舞台上流传了四百年，至今未衰。其中的"惊梦""寻梦""写真""拾画"诸折，仍然脍炙人口，而且还经常演出。这两年来，《牡丹亭》一剧更是蜚声国际，在纽约、巴黎都有不同形式的全本演出。1999 年 12 月 30 日到 2000 年元旦，上海昆剧团在香港连续三晚，演出三十五出的新版《牡丹亭》，迎接新的千禧年。

《牡丹亭》为香港迎来新的千禧年，当然是一大盛事。临近的澳门，也在此刻回归，由葡萄牙的殖民地重归祖国，当然更是盛事。不知主事者是否知道，《牡丹亭》与澳门颇有渊源，汤显祖在四百多年前也曾亲抵澳门，看过葡萄牙人治下的香山岙。

汤显祖在一五九二年，因为贬谪到广东徐闻，路经澳门（当时称香山岙），写过一首诗《香岙逢贾胡》，记下了见闻："不住田园不树桑，珴珂衣锦下云樯。明珠海上传星气，白玉河边看月光。"也就是看到洋商不事农桑，却珠光宝气，乘着海船而来。在汤显祖眼里，澳门是个珠宝生意的中心。

《牡丹亭》第二十一出"谒遇"，显然是把这种见闻戏剧化了。其中提到"香山岙里巴"，指的就是澳门的三巴寺，是大三巴的前身，在剧中写成了番商前来献宝的"多宝寺"，并说"这寺原是番鬼们建造，以便迎接收宝官员"。还有一段曲文："大海宝藏多，船舫遇风波。商人持重宝，险路怕经过。"

主办《牡丹亭》演出的单位，若是知道剧中不但写了四百多年前的澳门，还写了澳门的大三巴，会不会大事宣传，以此作为一个卖点呢？ 还是觉得，《牡丹亭》是昆曲，和我们港澳同胞有什么关系？

牡丹亭上留活路

汤显祖的《牡丹亭》是本长达五十五出的传奇，真要全本演出，大概要演上三天三夜。 几百年来昆曲演出的传统，则以演出折子戏为主，挑选精彩的片段，如"惊梦""寻梦""写真""拾画"等等，以细腻深入的呈现手法，在舞台上展现动人心弦的场景。 至于全剧的情节，不是家喻户晓，也差不多，不必再从舞台上告诉观众。

近年来流行演出全本《牡丹亭》，说要让埋藏了四百年的本来面目，重见天日，让人们得以再度"惊艳"。 所谓全本演出，当然不是真正的"全本"，不是按照剧本的曲文唱词与念白婉转道来，而是大刀阔斧，删削曲文，只留下故事构架，让从未见识过昆曲的现代人，得知故事梗概。 因此，这种所谓"惊艳"，只是模模糊糊地雾里看花，知道有那么个牡丹亭就是了。

汤显祖在第一出"标目"里，略述了此剧的梗概，曲文的结句是"牡丹亭上三生路"。 全剧缠绵悱恻，曲尽幽情，展现了作者心目中的有情人杜丽娘："情不知所起，一往而深。 生者可以死，死可以生。"所谓的全本演出，把令人辗转反侧、荡气回肠的曲文删削掉一半，给人看了故事梗概，还说是还它"本来面目"，汤显祖也只好在九泉之下辗转反侧了。

据说，这样的改编是为了昆曲的现代化，为《牡丹亭》留下一条活路，以免中国的戏曲瑰宝湮没于现代商业文明。 用心的确良苦，看来中国人的文化水平令人浩叹，只好削减经典名作，以取媚大众。 不过，保存最精美的艺术经典，用的是最媚俗的百老汇歌舞场面，还告诉我们：这就是昆曲的"载歌载舞"。现代的中国人，也实在聪明。

不知道英国人是否也这么聪明，如此删削莎翁名剧，为莎剧留一条活路？

肉不如小蜜蜂

中国人对音乐有个说法，"丝不如竹，竹不如肉"。 是说丝弦乐器不如竹管乐器，而竹管乐器又不如肉声。 也就是把声乐的地位提到最高层次，由人来演唱的音乐是最美妙的。

我不知道贝多芬是否表达过类似的意见，却总怀疑，他晚年谱写第九交响乐时想到了这一点。 他的交响乐是以器乐为主的，但是第九交响乐的结尾却是大合唱《欢乐颂》，是人声转为天籁的展现。

声乐的发展，在西方歌剧及中国戏曲之中，都占有首要的地位。 演戏还要会唱，其实是通过肉声的转折，表达了人间的喜怒哀乐，最能打动人们的心弦，达到艺术最基本的作用。我们听戏曲唱腔委婉幽邃或闳壮雄浑，就会跟着唱者的肉声艺术，进入音乐对感情世界的诠释，体会人间的繁复多姿，重温美好的向往，经历蚀骨锥心的痛楚，对人生有了更深刻的感性认识。 亚里士多德说，悲剧使人产生恐惧、悲悯与同情，可以洗涤心灵。 以肉声展现的歌剧与戏曲，当然也有同样的功效。

但是，戏曲音乐的第一要义是"唱"，也就是那个肉声（或声乐）艺术。

近年来听中国戏曲演唱，听到的都不是真实的肉声，都是通过"小蜜蜂"扩音器的声音。 有时演员要做个身段，忘了身上的小蜜蜂，碰到了要害，则嘶嘶作响，甚或砰砰有声，发出震撼耳膜（而非心灵）的声响。 好像要提醒戏迷们，中国的科技现代化过程，在戏曲领域已经得到了具体展现。 我实在很难想象，西方的歌剧演员粉墨登场时，也人人配备小蜜蜂，而声乐艺术的展现只是如何巧妙控制小蜜蜂的音量。

也许中国声乐的发展，也因国情不同而有其特殊性。 也许中国真是"后现代化"了，艺术观也必须跟上："丝不如竹，竹不如肉，肉不如小蜜蜂。"

《西园记》

　　浙江昆剧团来港，除了上演《牡丹亭》上、下两本，还要演出《西园记》，而且由汪世瑜亲自登台，饰演书生张继华。这是表演艺术的盛事，不得不记一笔。

　　汪世瑜是浙江京昆剧院的院长，唱巾生唱了四十年，真可谓"老小生"了。平时不太登台，偶尔露露面，当然是炉火纯青，举手投足都意蕴深厚，底气十足，令观者为之神驰。他的代表作是《拾画叫画》里的柳梦梅，《琴挑》的潘必正，以及《西园记》中的张继华。其实，张继华这个角色与传统正宗巾生不同，带着强烈的喜谑趣味，不像柳梦梅或潘必正那么儒雅斯文，有时还让人感到他有三分呆气，不过倒是呆得可爱。

　　汪世瑜自己曾说过，张继华这个角色并不好演，因为是个喜谑剧的招笑人物。儒雅风流的扇子生，变成观众笑谑的对象，怎么演呢？演得不好，岂不成了《群英会》里的蒋干了？汪世瑜塑造张继华这一角色形象，十分成功，让人觉得他痴、他呆、他自作多情、他得意忘形、他糊涂、他疑神疑鬼、他胡思乱想、他自己吓自己，真是可笑到了极点。可是这一切荒唐举措，都是因为意乱情迷，因为痴情而起，又令人觉得这书生倒是个有情有义的人，傻得可爱。

　　汪世瑜演《西园记》，我有幸看过两次，每次都几乎笑翻到邻座上。有的场景对白，角色彼此误会了，完全不搭线，你说你的，我说我的，可以说上半天。戏中人以为说的是同一件事，台下观众可是明白，先是阴差阳错，再来就是荒谬绝伦了。

然而,《西园记》不是一出胡闹的戏,不像莫里哀闹剧那么夸张,倒比较像莎士比亚的喜谑剧,如《维洛那二绅士》或《错误的喜剧》。 许多诙谐笑闹的段落,都来自巧合的误会,再加上主角性格的痴憨,让人笑得开心,可解一日之愁闷。

　　《西园记》不是严肃的艺术追求,但却是极为高雅的娱乐。

《西园记》的删节

昆曲《西园记》本来是一本三十三出的传奇，明末吴炳原著。浙江昆剧团来港演出的，是1959年贝庚的改编本，删成九场，剧情紧凑得多，摒除了主线以外的枝蔓，比较适合现代人观戏的习惯，两小时演完。

在明清戏剧文学传统中，吴炳经常与阮大铖并列，算是"崇辞派"的高手，以汤显祖的优美文辞为典范，对剧情的安排力求曲折变化，并借此展示作者的诗情。改编本不可避免要删去不少曲文，一定让原作者嗟叹不已，虽然那些文辞唱起来实在有点繁缛，一唱就是个把小时，恐怕会使现代观众坐立不安。

现代演出的删节本，一开头就是原创的第四出，删掉了前面三出。"开卷""舟闹""倦绣"全没了，铺垫也不要了，一开幕就直截了当，进入全剧情节主线。也许现代观众觉得好，一上来就有戏，但在古人的心目中，就会感到少了几分蕴藉，少了文绉绉的气氛，少了诗情画意的情调。古人的调调与今人不同，也反映了时代的变化，萧条异代不同时，没办法的事，所以，重排古代戏曲，也无法不删。

删去的第一出"开卷"，其实是作者叙述写作缘起及本事，就是现代说的剧情摘要。古代戏曲撰作，有其格式，一开头总有这样的"标目"，引导读者进入剧情。在实际舞台演出，略述剧情大要，也能产生"静场"的作用，逐渐抓住剧场的注意力，勾起观众的兴趣。这也像西方歌剧的序曲，在大幕升起之前，经常有一长段音乐演奏，铺垫了观剧的气氛。

不过，现代人一切讲求效率与速度，对这种气氛营造显得不耐烦，也只好删掉了。观剧也"速食化"了：看戏就看戏，要什么气氛！

《西园记》原作一开头，是《西江月》："买到兰陵美酒，烹来阳羡新茶。请听檀板按琵琶，莫道今朝少暇。俗子开谈即俗，佳人启口尤佳。扇头羞落满檐花，恼得春风欲骂。"词意虽佳，但与剧情没有直接关系，所以，删掉了。

烧刀子和蒜包儿

《长生殿》第三十八出"弹词"，叙述安史之乱以后，长安陷落，唐明皇逃到四川，杨贵妃缢死马嵬坡。 弹琵琶唱曲的，就是繁华盛世时期的宫廷供奉李龟年，现在流落到江南，靠唱曲度日，在寺院赶会之时卖唱。 听众之中有个山西客商，携妓前来听唱。

洪昇在描绘听众时，有意突出这个山西客的粗豪之气，写他携妓游赏寺庙，写他以为李龟年唱的是山西土腔，写他拿妓女的容貌来比杨贵妃的天姿国色。 总之，写的这个山西客粗豪庸俗，一丝风雅也不懂。 当李龟年唱完了长安城兵火之后的残破，他率先给了钱，说："听了半日，饿得慌了。 大姐，咱和你喝烧刀子，吃蒜包儿去。"烧刀子是烧酒，即是酒精度很高的蒸馏酒，俗称白酒。 蒜包儿是什么呢？

笺注《长生殿》的学者，搞不清楚，大伤脑筋。 徐朔方校注的《长生殿》（人民文学版），只说烧刀子是烧酒，蒜包儿无注。 竹村则行与康保成笺注的《长生殿》（中州古籍版），老老实实说蒜包儿"待考"，不知道是什么，不过，却引述了《东京梦华录》的资料："若别要下酒，即使人外卖软羊、龟背、大小骨、诸色包子、王板鲊、生削巴子、瓜姜之类。"以为蒜包儿"可能是沾蒜泥食用的肉包子，可下酒"。

竹村则行与康保成的注，以为前面说烧刀子，后面接着说的蒜包儿应当是下酒菜。 表面上看，好像颇有逻辑，其实是想岔了，误会了洪昇的笔墨。

明朝中叶南京人陈铎（字大声）曾写过一首嘲笑北方妓女

的曲子，其中有这样的句子："生葱生蒜生韭菜，腌臜，那里有夜深私语口脂香？ 开口便唱冤家的，歪腔，那里有春风一曲杜韦娘？ 开筵空吃烧刀子，难当，那里有兰陵美酒郁金香？"吃生蒜喝烧刀子，在北方人是日常生活习惯，在南方人眼里却鄙俗不堪。

　　洪昇写山西客"喝烧刀子，吃蒜包儿"，当然是循着陈铎一脉，嘲笑北方人。 蒜包儿，就是蒜瓣儿，指的是掰开生蒜吃。

马前泼水

北京京剧二团最近来到城市大学，表演了一场《马前泼水》，因为结合了现代实验小剧场的呈现方式，糅合传统戏曲的虚拟手法与实验剧场的象征表现，很受年轻观众欢迎。表演完毕，观众并不立即"起堂"，居然坐着不走，与剧团总监讨论起观剧感受来了。

观众对马前泼水这场情景议论纷纷，大家都对崔氏当众受辱感到不平，认为朱买臣明明知道覆水难收，还要当街泼一盆水，让崔氏如此难堪，实在不是男子汉大丈夫的作风。有人就问了，朱买臣马前泼水的故事是真事吗？剧团总监说，真的，真的，《汉书》上有记载的。于是，群情激愤，说朱买臣这种大男人作风，当街侮辱女性，完全蔑视女性的人格与尊严，不配做什么什么的。

剧团总监说《汉书》有记载，恐怕只是说《汉书》上记载了朱买臣实有其人，因为《汉书》并未记载朱买臣马前泼水之事，因此，覆水难收并不是朱买臣干出来的。女性主义者的挞伐也就不好针对历史上的真人朱买臣，只能对着舞台上的朱买臣这个戏剧人物。

《汉书》朱买臣的传，记载他与妻子离异与见面的经过是这样的："朱买臣字翁子，吴人也。家贫，好读书，不治产业，常艾薪樵，卖以给食，担束薪，行且诵书。其妻亦负戴相随，数止买臣毋歌呕（讴）道中。买臣愈益疾歌，妻羞之，求去。买臣笑曰：'我年五十当富贵，今已四十余矣。女（汝）苦日久，待我富贵报女功。'妻恚怒曰：'如公等，终饿死沟中耳，何能富贵？'买臣不能留，即听去。 其后，买臣独行歌道中，负薪墓间。 故妻与夫家俱上冢，见买臣饥寒，呼饭饮之。……上拜买臣会稽太守……会稽闻太守且至，发民除道，县吏并送迎，车百余乘。 入吴界，见其故妻，妻夫治道。 买臣驻车，呼令后车载其夫妻，到太守舍，置园中，给食之。 居一月，妻自经死，买臣乞其夫钱，令葬。"朱买臣妻不姓崔，要求离婚之后又嫁了人，对买臣还不错，曾在坟头野地接济过他。 朱买臣对前妻也不错，富贵还乡，不但不曾马前泼水，还叫后面的随车载了前妻夫妇到太守府中，养着。 后来前妻自杀了，看来也不能全怪朱买臣。

覆水难收

　　"覆水难收"一词，一般都说是来自朱买臣马前泼水的典故。然而，《汉书》记载朱买臣，并没有马前泼水当街羞辱前妻这件事。那么，覆水难收这典故，是哪里来的呢？

　　《后汉书·何进传》说到何进想诛杀宦官，弟弟何苗劝他不要贸然从事："国家之事，亦何容易！覆水不可收。宜深思之，且与省内和也。"覆水难收，只是打个比方，并没有真的泼一盆水在地上，让人去收。

　　李白的乐府诗《妾薄命》，结尾一段是："雨落不上天，水覆难再收。君情与妾意，各自东西流。昔日芙蓉花，今成断根草。以色事他人，能得几时好？"把女子色衰失宠，情断意绝，难以复合，与覆水难收连了起来。

　　胡侍《真珠船》卷一："《光武本纪》云：反水不收。《何进传》《慕容超传》并云覆水不收。李白诗'水覆难再收'，又'覆水再收岂满杯？'刘禹锡诗'金盆已覆难收水'，皆用太公语。太公初取（娶）马氏，读书不事产，马求去。太公封齐，马求再合。太公取水一盆倾于地，令妇收水，惟得其泥。太公曰：'若能离更合，覆水定不收。'"

　　这里说的《光武本纪》，就是《后汉书·光武帝纪》，述及马武建议刘秀称帝，是这么说的："天下无主。如有圣人承敝而起，虽仲尼为相，孙子为将，犹恐无能有益。反水不收，后悔无及。大王虽执谦退，奈宗庙社稷何！"也用的是个譬喻，劝刘秀做皇帝算了，不要吃后悔药。用法与《何进传》的"覆水不可收"相同。

至于太公娶马氏的故事，则来自《封神演义》传统，与历史上的姜太公无关。 不过，《封神演义》中并没有姜太公"覆水定不收"之语，想来是民间说书或戏曲的铺衍，要不然就是胡侍的胡思乱想，把戏曲中朱买臣故事与姜太公故事做了自由的排列组合。

　　说了半天，原来"覆水难收"只是个譬喻，由譬喻演化出了剧情，由剧情增添了角色，由角色硬套上了朱买臣或姜子牙。

　　朱买臣地下有知，一定要呼冤。

昆曲清唱

十月金秋，在香港却还是炎火的季节，到了晚上甚至热得睡不成觉。朋友送了票来，说有昆曲清唱晚会，乃香港创举，要我邀几个知音同去，以得心灵的清凉。

听昆曲，是该找度曲知音，但再一想，知音大概都去了，因为这次清唱，请的都是名角：浙昆的汪世瑜、王奉梅、陶铁斧，上昆的计镇华。于是，我又再次实验自己的听曲理论，邀了在香港城市大学担任客座教授的两位学者同去。一是文学理论家刘再复，一是俄国汉学家李福清，都不熟悉昆曲音乐。

我的听曲理论是：昆曲是阳春白雪的艺术，是高雅意境追求的极致，是长期积淀的声乐智慧。因此，只要对文化艺术有修养的人，即使完全没有接触过昆曲，也一听就成知音。这是一种心灵的感悟，是艺术体会的感通。伯牙弹琴，子期知音，不是高古玄妙的神话传说，在日常生活中也有的。

演唱会当然精彩。一开场由汪世瑜唱的《红梨记·亭会》两支曲子，《风入松》与《桂枝香》，就博得雷动掌声，把演唱会带上了高潮。回想起来，这真是奇特的聆赏经验，因为一开头就是高潮，而高潮却持续不退，除了中场休息十五分钟，让大家缓缓气，就一直高潮到底。每曲终了，我都问身边的"外行"朋友，怎么样？再复乐得眉开眼笑，合不拢嘴，然后又转作严肃思考状，连说：怎么这么好？怎么以前都没听过这么好的唱功？李福清则激动得一把大胡子上下抖动（好像练过胡子功似的），用他的俄国口音，不断地说，好，好，好。

李福清研究《三国演义》近半个世纪，又研究关帝的民间传说与信仰，可说是世界顶尖的权威了。计镇华在演唱会上唱了《单刀会·刀会》的《新水令》与《驻马听》，攒眉瞋目，唱做俱佳。唱到"这不是水，是二十年流不尽英雄血"悲凉苍劲，大有"前不见古人，后不见来者，念天地之悠悠，独怆然而涕下"之感，但又雄浑宏壮，好像宇宙万物都融入了有余不尽的歌声。李福清听完，眼睛发亮，突然话都说不流利了："我不知道关公可以唱得那么好，可以演得那么像关公！"

不打不成材

有位好友是昆剧名演员，曾跟我讲过习艺的经验。说九岁从师，一开始就下定决心，专攻武生行当。老师说武生要加倍锻炼肢体动作，特别是腰腿功夫，要吃得苦中苦，方为人上人，他就勤学苦练。不但练功的时候苦练，连吃饭也不忘练功：白天练不说，晚上睡觉也练。我不禁大为疑惑，问他吃饭、睡觉怎么练？他说，吃饭就站着吃，把一条腿跷起来，贴在墙上。睡觉时就把腿弯到脑后，当枕头，上半夜这条腿，下半夜那条腿。我说，这是人过的日子吗？他笑笑，说这不也熬过来了吗？如此勤学苦练，老师还打吗？打，当然要打。动作错了，怎么能不打？不打不成材嘛。老师打我是为我好，怕我练错了，伤到筋骨。朋友现在是全国数一数二的武生名家了，唱《界牌关》盘肠大战，阵亡时倒纵而起，摔的那个"僵尸"漂亮极了，功底真是没话说。

中国有句古话，"成人不自在，自在不成人"。应用到教学方法上，就是不让学生自由放任，而要严加管束。《三字经》说得很清楚："养不教，父之过。教不严，师之惰。"传统戏曲的训练，为了培养技艺超群的传人，基本教学法就是"打戏"，是打出来的。看过电影《霸王别姬》的人当能体会，我朋友所说的"苦练"是如何的艰辛，成功是如何不易。一个演艺天才风华盖代的展现，在舞台上接受我们的喝彩，光辉灿烂，只是我们观众看到的一面。成为名角的过程，则是一块璞玉不断雕琢、不断打磨、不断的"不自在"。

现在还"打戏"吗？朋友说，早就不准了。教育方法改变了，要诱导，要说服，不能"体罚"了。 成效比"打戏"如何？ 还好。 朋友说得很含蓄。 诱导与说服的对象毕竟是孩子，等他们开窍，需要些年月，有时年纪已经大了，筋骨硬了，"幼功"就练不成了。 时代进步，儿童法都订出来了，体罚学童要坐监了，传统科班从小坐科打戏的模式就该淘汰了。

近读谷崎润一郎谈歌舞伎的艺道，讲到老一辈的艺人习艺，只要能活下来，就成就非凡，"是以一种拿命一搏的精神与觉悟来从艺习道的"。 连日本的歌舞伎都如此，昆剧就更不用说了。

既然不再打了，我们只能希望年轻一代的习艺者觉悟得早一点。

说大话

　　"讲大话"在广东方言里，是说谎、撒谎的意思。 出了广东，若用同一词语，则听者就有不同的意会，以为意指"说大话"，即是吹嘘、吹牛之意。 在中国大部分地区，"大话"指的是夸大的话，不是谎话，译成英文，则是 tall talk 或 tall tale。《水浒传》里写潘金莲不满武松的劝诫，恼羞成怒，赌狠说的"我是一个不戴头巾男子汉，叮叮当当响的婆娘。 拳头上立得人，胳膊上走得马，人面上行得人！不是那等搠不出的鳖老婆！"就是典型的大话。

　　苏州弹词《三笑》，说的是唐伯虎点秋香故事，其中有一节是"祝枝山说大话"，可算是大话连篇，吹牛不打草稿。 我们可以选几段来听听，很有趣的。 祝枝山说自己家里有钱，广厦千万间："倷阿晓得我家中有多少屋？ 一共房廊有千万间。 前门勒浪上海滩，后门无锡惠泉山，走完苏州城还勿曾出我一个大门坎。 东书房要到西书房里去，日短天光难转回，当中横里要住客栈。"最令人失笑的是俚俗的比喻，没有人会相信的夸大，居然说得振振有词。 说家里的金珠宝贝无限："到夜来不点灯油火，用那夜明珠粒粒亮非凡。 大格好像腌鸭蛋，丢来笃去用栈房堆。"说山珍海味："龙肝象肉家常便，老山人参只当俚萝卜干。"以腌鸭蛋形容夜明珠，以萝卜干比对老山人参，"艺术源自生活"，真是无产阶级的神来之笔，传世的文章，不可及也。

　　祝枝山还要吹他和八仙的交情："吕洞宾常常与我敲棋子，汉钟离无事搭我瞎谈谈。 韩湘子搭我倒痰盂罐，何仙姑搭我厨房间里烧小菜。"下棋聊天,是朋友消遣;倒痰盂罐与烧小菜,就亲密无间,关系匪浅了。 不过,神仙还得亲自动手,倒痰盂罐、烧小菜,大话却说漏了底,成了"讲大话"了。

丁编

溯山信是神州好

魏源咏扬州

　　撰写《海国图志》、主张"师夷长技以制夷"的魏源，是鸦片战争前后比较清醒的士大夫代表人物，和龚自珍、林则徐一样，都忧虑大清帝国的根基是否已经动摇，天朝一统万邦的美梦是否即将幻灭。 过去的承平岁月是辉煌的，眼前的世界却充满了动荡不安，令人心生忐忑。 史学家们讲到魏源，就说他是"进步思想家"，是中国近代改革的前驱，好像他胸中满是经世致用的抱负，像早晨八九点钟的太阳。

　　要说魏源的抱负，经世致用没错，积极向上也没错，但是说到他的心境，则沧桑之感多于进取之心，恐怕有点像孔夫子的"知其不可而为之"。

　　魏源曾写过一批《扬州画舫曲》，其中有几首如下："山外青山楼外楼，人生只合死扬州。 养花天气养苔地，轻载吴娃水亦柔。""湖外青山山外湖，人言此地旧蓬壶。 不知白塔红桥景，可似清明河上图？""忽为壶峤忽桑田，湖光依旧百年前。 忽从萤火渔灯夜，还忆珠宫贝阙年。"直接化用"山外青山楼外楼"句，描绘扬州风光绮丽，当然是心存批评，是说人们"直把杭州作汴州"，是耽于眼前的美景，忘了国土的沦丧。

　　魏源在"可似清明河上图"句下，原注"郭河阳《清明上河图》，亦在汴河之上，故借倒用，以谐律句"。 虽然把画家的名字说错了，把张择端说成了郭河阳，但意思是明确的，就是要把诗意引回到"直把杭州作汴州"，让人想到清朝的盛世已过，以前是仙境，现在是败落的"桑田"了。

不过，魏源毕竟还是有乐观的一面，不肯沉溺于怀旧的惆怅，努力向前看。旧日的繁华不再，就让它不再吧："复还醇朴谢雕镌，翻觉湖山面目全。卸却绮罗珠翠后，镜中云鬓更天然。"现在剩下的，是纯朴天然的面貌，仍是一片大好河山，还可以有所作为。

当然，魏源不会知道，剩下的这一片天然湖山，还会遭到如何的蹂躏。

扬州的茶肆

清代李斗的《扬州画舫录》记乾隆年间扬州繁华景况，从所录酒楼茶肆之多，就可以得窥一二。书中记城外北郊，沿着北门外大街，就是名闻遐迩的双虹楼茶肆："双虹楼，北门桥茶肆也。楼五楹，东壁开牖临河，可以眺远。"

由双虹楼茶肆，李斗谈到扬州茶肆天下第一，并列举了全城各地的好去处，还说到扬州茶肆有亭台之胜，环境优美宜人："吾乡茶肆，甲于天下。多有以此为业者。出金建造花园，或鬻故家大宅废园为之。楼台亭舍，花木竹石，杯盘匙箸，无不精美。"扬州人显然很懂生活艺术，茶肆都要安排出园林美景，配上精美的器皿，喝起茶来，好不惬意。

据李斗所列，乾隆年间最好的扬州茶肆有以下诸家。最好的荤茶肆：辕门桥有二梅轩、蕙芳轩、集芳轩；教场有腕腋生香、文兰天香；埂子上有丰乐园；小东门有品陆轩；广储门有雨莲；琼花观巷有文杏园；葛家园有四宜轩；花园巷有小方壶。最好的素茶肆：天宁门的天福居；西门的绿天居。至于城外，当然是双虹楼为最了。

各家的点心都有独擅胜场之处，"双虹楼烧饼，开风气之先，有糖馅、肉馅、干菜馅、苋菜馅之分。……蕙芳、集芳，以糟窖馒头得名；二梅轩以灌汤包子得名；雨莲以春饼得名；文杏园以稍麦（烧卖）得名，谓之鬼蓬头；品陆轩以淮饺得名；小方壶以菜饺得名"。

据杜召棠所述，道光年间教场的九如茶肆极有名。阮元归老扬州，还以九如茶肆为社交的场所，与地方耆宿在此啜茗。 光绪之后有名的则有绿杨村、冶春，历时相当之久。

到了民国年间，最有名的茶肆当数富春茶社，茶、点、面、干丝都闻名远近。 大众化的点心，当然是富春包子最享盛誉。 七八年前我到扬州游览，当地朋友还特别订了富春包子，让我大快朵颐，吃的是三丁包子、干菜馅包子、糖馅包子，还有一种肉馅的，好像回到乾隆时代的双虹楼茶肆了。

扬州冬晨小吃

《扬州画舫录》记清代中叶扬州小吃，有一种是很特别的，是冬天大清早吃羊杂碎与羊肉泡饭，要鸡鸣即起，赶早去吃，晚了就吃不到好东西了。这样的小吃，显然不是为上层社会所设，而且店铺在小东门街吃食区，靠近小东门马（码）头，大概做的是商贾行人与贩夫走卒的生意。但是，因为风味独特，本地人也有不少为了吃食而牺牲睡眠的：

> 就食者鸡鸣而起，茸裘毡帽，耸肩扑鼻，雪往霜来。窥食脧，探庋阁，以金唉庖丁，迟之又久。先以羊杂碎饲客，谓之小吃。然后进羊肉羹饭，人一碗，食余重汇（烩），谓之走锅。漉去浮油，谓之剪尾。狃以成习，亦觉此嚼不恶。惟不能与贪眠者会食。一失其时，残杯冷炙，绝无风味。

过了两百年，在民国期间，类似的清晨小吃还有，不过不是羊肉，却换成牛肉汤锅了。据杜召棠的回忆："牛肉汤，以教场北首，小七子家最佳。鸡鸣而起，茸裘毡帽，耸肩抱臂，窥食探金，选取杂碎，使炖于汤中，名曰爁爆。坐以待熟，其汤肥美而纯，再购大面烧饼一二杖，早餐一顿，仅百钱而已，周身温暖，和煦如春。"

杜召棠所记应当不会错，但记述的文字却有些是直接承袭自《扬州画舫录》的，不知是他熟读李斗的著作，自然流露于文字，还是抄了一小段？不过承袭文字这一段，倒有两处，由于文字承袭，可以刊正版本。杜召棠的文章，原文是"茸裘毡帽，耸肩抱臂"，上句不通，按《扬州画舫录》作"茸裘",也就是绒裘,或毛茸茸的皮裘。 下句"抱臂"写严寒瑟缩之态,十分传神,比《画舫录》的"扑鼻"要确切,或许是《画舫录》文字讹误。 第二处则是"窥食探金",要配合《画舫录》的文字,才知道说的是:到食铺张望一番,打探一下,问好价钱,才选料吃食。

许多年前有个冬天,我在雅典的中央大街市也发现清早卖肉食的铺子,就开设在羊肉摊之间,羊杂碎、羊肉羹,颇似扬州小吃。 只是不知这种特殊的冬晨小吃,扬州还有没有?

扬州炒饭

我小时候，在台湾长大，没听过扬州炒饭这一名目。不过，小时喜欢吃炒饭，因此，记忆中吃过的炒饭种类倒真不少：蛋炒饭、肉丝蛋炒饭、香肠丁蛋炒饭、火腿丁蛋炒饭、火腿青（豌）豆炒饭、虾仁蛋炒饭、虾仁青豆蛋炒饭，不一而足。各类炒饭不仅美味可口，而且赏心悦目，诸色并陈，色香味俱佳。

第一次听说扬州炒饭，是三十年前在纽约华埠一家广东馆。出于好奇，点了一客，上来的是一盘大杂烩炒饭，有叉烧丁、香肠丁、青豆、虾仁、蛋，还有葱花、包心菜丝、洋葱丁，价格不菲，味道也不错。但是，这绝对是扬州人不认识的一客炒饭，应该称作杂碎炒饭。

为什么这样一客大杂烩炒饭，应该与早年华埠的"芙蓉蛋""杂碎""炒面"并列的菜式，会称作扬州炒饭呢？我百思不得其解。

后来我在香港，各大饭店在酒筵之中居然也有这项身份不明的扬州炒饭，好像真是淮扬名菜似的。我问过熟悉淮扬菜的前辈老饕，这种杂碎炒饭为什么叫扬州炒饭？老先生们一个个瞠目结舌，说扬州没这玩意儿，扬州人不吃这东西，不知是谁发明的。有人说，广东人有时把一切广东以北的人叫作上海人，一切广东菜以外的菜肴称为上海菜，特别标出"扬州炒饭"，是十分难得的礼遇了。

因为扬州炒饭在广东餐馆是必备的菜式，影响了中国其他地方的餐牌菜单，结果是大江南北、黄河上下都有扬州炒饭吃。 远至欧美非洲，甚至阿拉伯国家，到中国餐馆点一客扬州炒饭，厨师一定会炒一盘扬州人不认得的杂碎炒饭，不会让顾客失望。

听说扬州人最不喜欢扬州炒饭，因为是冒牌货，是打了扬州的幌子卖扬州人不吃的杂碎。 不过，时间让人遗忘自己的传统，再过上几十年，也许扬州的饭馆也都卖起扬州炒饭来，或许还会有人打出"真正老王麻子扬州炒饭""扬州炒饭专卖店"之类的招牌。

不过，大杂烩炒饭其实并不好吃，因为料太杂，滋味相冲。 若是扬州人真要推广"扬州炒饭"，我建议采用火腿青豆蛋炒饭。

扬州的浴池

兆光兄在扬州住过很长一段时间，对扬州人泡浴池的习俗颇为欣赏，每每形容给我听，说扬州洗澡为一大享受，尤其是从大浴池里出来，服务员蒙头盖脸，把人全身裹在热烘烘的大浴巾内，上下揉擦，那情景虽与"温泉水滑洗凝脂，侍儿扶起娇无力"大不相同，浑身酥软的感觉却实在舒服，不会输于贵妃出浴的。

我从小就听过扬州有"早上皮包水，晚上水包皮"之谚。"皮"指的是我们的身体皮囊，也就是躯体。早上"皮包水"，即是饮茶，与广东人的习惯相似，不但饮茶，还吃点心，最让人口馋的是扬州汤包。晚上"水包皮"，是泡浴池，舒舒服服享受向晚时光。

据扬州掌故作家杜召棠所记，扬州浴池之风始于乾隆嘉庆时期，已是清代中叶了。其后有名的澡堂有郭堂、张堂、小蓬莱、白玉池、螺丝结顶、陶堂、白沙泉、小山园、清缨泉、广涛（疑为"陵"字）涛、顾堂、新丰园等。这些名池，到了民国期间，只剩下陶堂，小山园（改名小三元），现在大概都不复存了。不知现今扬州的浴池是否都是新建的？是否还有百年以上的老池，可供人一发思古之幽情？

老式的浴池，内部铺白石为方池，再隔成大小数池，"其大者近镬水热，名大池；次者为中池；小而水不甚热者，曰娃娃池"。讲究的人洗浴有厢房，还设有小室，可以享受精致的洗澡艺术。

中国人过去对洗澡不甚重视，对浴池的建筑及洗浴享受的耽溺，远不如古罗马人或阿拉伯人。扬州洗浴之风如此之盛，又建有不少豪华型的浴池，不知是否受到阿拉伯人生活习惯的影响？早已废圮的螺丝结顶，不但浴池宽宏，且不用一柱，屋顶旋转支持，颇似伊斯兰式的建筑，是不是扬州的穆斯林，甚或是聚集扬州的阿拉伯人所建？

自唐代以来，扬州就是海外商舶聚集之处，阿拉伯人从海上来此经商，定居的人不少。是不是他们到了水土丰腴的扬州，把建浴池、每天洗浴作为人生的大享受，洗去他们故土的风霜沙尘呢？

清明时节的苏州

　　"清明时节雨纷纷，路上行人欲断魂。 借问酒家何处有？ 牧童遥指杏花村。"这是杜牧的名诗，一向被人引来形容江南的春雨，杏花开在蒙蒙细雨中，好一片诗情画意。

　　也有人指出，这首诗写的不是春雨江南，是山西的清明时节，而杏花村就是出产汾酒的杏花村。 这个解释咬定了杏花村是专有名词，是山西的地名，未免胶柱鼓瑟，把诗人的想象当作历史地理的证据。 但也不能说一定就是错，因为唐代的气温比较高，山西一带到了清明是有春雨杏花之景的。

　　且不管唐代的清明时节，说说今年的清明吧。 我刚好在苏州，杏花已经飘落，只剩零星的残瓣依在枝头，摇漾在迷蒙的空气中。 苏州的清明有一种说不出的怅惘，大概是因为街道窄狭，潮湿的天气把历史的记忆都粘在粉白的墙上了，有点灰灰的、挥之不去的沉郁。 然而，绝不是郁闷，因为杏花刚过，李花已到尾声，而桃花正艳。 春意飘浮在蒙蒙细雨中，有一种难以捉摸的生气，盎然藏在街头巷尾。

　　江南习俗，自唐代以来，清明时节在门楣插上柳枝，头上戴柳圈，以示春天来了。 现在的苏州人，大概没有人记得古谚："清明不戴柳，红颜成皓首。"不过，杨柳抽条是明显的季节变化，不管你戴不戴，满城杨柳新枝摇曳在风中，总不会让你忘记春天的来临。 时代变了，苏州人也逐渐丧失了思古之幽情，读到以下这首描绘本土风俗的诗，大概是感到不知所云吧："清明一霎又今朝，听得沿街卖柳条。 相约比邻诸姊妹，一枝斜插绿云翘。"若真有美丽的姑娘在发际插一枝柳条，走到街上，恐怕会被人认作是神经病的。

然而，苏州人并没有冷落花季，在不少公园及古典园林中都举办了花展，姹紫嫣红，好不热闹。 只是太热闹了，像商展，更像美国推销花卉品种的博览会，没有了我心目中的苏州风味。

我倒是希望，将来到了清明时节，男男女女再度头插一枝柳条。 那才像苏州。

没有石公的石公山

清明前一日，和一些朋友到洞庭西山去游览。导游说去石公山游览区，我们却说去买明前的碧螺春，两相妥协，先游览后买茶。

洞庭西山本来是个岛，现在有太湖大桥连接，由苏州南行一个多小时就到了。石公山游览区以前也叫包山，三面环水，给太湖的沧波万顷包围起来，山石壁立嶙峋，很有些奇气。迷蒙的细雨中观望太湖，真是苍茫一片，而山径盘旋之间盛放了桃花，艳丽非常，相映成趣。

没看到石公石婆。康熙年间编的《百城烟水》记载："山下大石坡甚广，傍水有大石二，俗称石公石婆。"大石坡还在，石公石婆在"文革"期间被毁，连痕迹都不剩。我不禁感到奇怪，红卫兵"破四旧"，砸烂庙宇祠堂，甚至烧毁文物，至少还是破除"封建遗毒"，这石公石婆只是天生两块大石头，不知犯了什么忌？难道山石长得像人形，也会宣扬封建迷信吗？

见不到石公石婆，不禁想到吴梅村写的《石公山》一诗，结尾是："伛偻一老人，独立俯其背。既若拱而揖，又疑隐而睡。此乃为石公，三问不吾对。"吴梅村说石公不回答他的问话，当然是诗人的自我调侃，是人与自然对话的诙谐，流露天机之趣。我们现在是，连问都没个对象了。

听说石公石婆是用炸药炸毁的，很费了番力气，而且既不是为了图利，也不是为了便民。想来想去，只有一个理由：看着不顺眼。大概是看石公石婆在光天化日之下恩恩爱爱，千万年来相依相伴，有伤革命的风化吧。 近代作家周瘦鹃有诗："双石差肩临水立，石公耄矣石婆妍；羡他伉俪多情甚，息息相依亿万年。"红卫兵可能没读过这位鸳鸯蝴蝶派名家的诗，但"造反有理"的狂热，却一举毁灭了周瘦鹃所艳羡的伉俪情深。 也毁灭了可供后人欣赏想象的风光。

西山碧螺春

在苏州的南郊，过了木渎镇，就是烟波浩渺的太湖。东边有半岛延伸入湖，是洞庭东山；西边遥遥相对的是个大岛，即洞庭西山；其间还有一个小岛，叫三山。一般总称洞庭山，最有名的就是春天产的"碧螺春"茶，秋天产的"洞庭红"橘子。

凌濛初的《拍案惊奇》卷一，形容洞庭红价廉物美，比福橘便宜，而另有风味。因此，这项特产至少在明末已经闻名遐迩了。"碧螺春"一名出现较晚，据说是康熙皇帝取的名，因为嫌土名"吓煞人香"太俗气，便想了个高雅的称呼。现在已成为举世闻名的高档品牌了，各地效颦者不少，但最好的还是出在洞庭东山与西山。

我在清明前一日，和朋友到西山去买茶。在凤凰村一户茶农家里，看碧螺春炒制的经过，让我大有启发，想起了刘禹锡当苏州刺史时（832—834）到西山试茶，写的《西山兰若试茶歌》："山僧后檐茶数丛，春来映竹抽新茸。宛然为客振衣起，自傍芳丛摘鹰觜。斯须炒成满室香，便酌砌（沏）下金沙水。骤雨松声入鼎来，白云满碗花徘徊。悠扬喷鼻宿醒散，清峭彻骨烦襟开……"

我们看到刚采下的茶芽，嫩绿纤幼，真如鹰嘴雀舌一般。茶农就像刘禹锡见到的山僧，满面笑容，说要炒茶给我们看。炒碧螺春的方法，是一个人炒焙，另一人添柴草管灶。茶农夫妇两人颇有默契，隔着一面灶壁，炒起清明前一日的新芽。大约十五分钟，经过翻炒，搓揉，碧螺春就制作完毕，满室芳香。 随即在杯中冲上热水，再投茶其中，就看到蜷曲的茶芽逐渐展开，还有云雾一般的白色茸毛在杯中浮沉上下。 轻啜一口，真是悠扬喷鼻，清峭彻骨。

刘禹锡过访的西山兰若，应当是西山的水月禅院。 题作陈继儒的《太平清话》说："洞庭小青山坞出茶，唐宋入贡，下有水月寺，即贡茶院也。"在唐宋期间，这种贡茶称水月茶或小青茶，也就是"吓煞人香"茶的前身。 若是不管名称，只讲实质，则刘禹锡在西山试的茶，就是碧螺春。

苏州的胜景

　　近年来中国出版业相当蓬勃，各地出版社竞相出书。 大概人们觉得缺少了古典文学的修养，所以这类书也出得多，特别是诗词，有各种各样的选本、校注本、注释本、白话译本，热闹得很。

　　令人遗憾的是，选注本经常是"选着注"，而且是选容易的，大家都知道的典故或词语来注。 不见于《辞海》或《汉语大词典》的，就付之阙如。 照说，选注本已经由选者挑出自己可以应付的诗文了，就该好好注释，探幽抉微，给读者一个透彻的理解。 可是，现在的情况不然，不是抄抄字典，就是胡乱注一下，不会的跳过，像俗语说的"柿子挑软的捏"，纯是欺负读者。

　　近读岳麓书社出的《吴中四子》，选注唐寅、祝允明、文徵明、徐祯卿四人的诗文，就是捏软柿子的一个坏典型。

　　唐伯虎有首《江南四季歌》，写清明春游一段："吴山穿绕横塘过，虎丘灵岩复元墓。"注释说，吴山在杭州西湖东南；横塘旧址在今南京市西南；虎丘、灵岩在苏州；元墓没有注解，大概不知道何在。 按照注释来理解，则这一趟清明春游跑得真够远，从杭州到南京，又回到苏州，风尘仆仆，好不累人也。

　　其实，注释者只要翻翻苏州地方志书，就会发现，苏州一带就有吴山、横塘、虎丘、灵岩、元墓等地名，而且都是岁时游赏的胜地。《吴趋访古录》卷二说："吴山，在石湖南陈湾村一带。"卷三说："横塘，在盘门西五里。 有桥颜曰横塘古渡，为游湖入山之路。"《百城烟水》卷一还引了范成大的《晓泊横塘》诗两首，其二有句："年年送客横塘路，细雨垂杨系画船。"至于元墓，则《清嘉录》有"元墓看梅花"一则，《吴郡岁华纪丽》有"元墓探梅"，都是长篇累牍的记载。

不先读几本书，就敢来注释古典诗文，胆子也够大的。

丁香空结雨中愁

南唐李后主的词很有名，像"问君能有几多愁，恰似一江春水向东流"这样的句子，真是脍炙人口，大概小学程度以上的中国人都知道。他的爸爸李璟，通称南唐中主，也是很好的诗人，作品存世不多，其中两首《山花子》（"菡萏香销"与"手卷真珠"）最为人称道。

《苕溪渔隐丛话》记载，王安石曾告诉黄庭坚，"细雨梦回鸡塞远，小楼吹彻玉笙寒"，比"一江春水向东流"要好。不过，王国维《人间词话》说，李璟这两句，不如同首开头的"菡萏香销翠叶残，西风愁起绿波间"，因为"菡萏"两句"大有众芳芜秽，美人迟暮之感"。我倒是觉得，李璟另一首《山花子》的"青鸟不传云外信，丁香空结雨中愁"更好，更能情景交融，符合王国维所说的"不隔"。

在洞庭西山的归云洞前，有一座可以眺望太湖万顷波涛的小亭，亭中立了一块顺治皇帝题的碑，上书"敬佛"二字。清明时节，细雨霏霏，我和朋友走到这里，居然有了"振衣千仞冈，濯足万里流"的感觉，想来是太湖的浩瀚营造了磅礴的情景，使得山岗突然有了千仞之气势。而"敬佛"二字，又使人顿生超脱的向往，也就不期然拔高了立足的小山。

谈笑之间，我一回头，看到亭侧一株丁香，累累满枝，雪白的花朵开了半树。更有含苞待放的蓓蕾，形状像螺丝钉，质感却像纤巧的盘丝扣。在蒙蒙细雨中，轻摆着无限的春意，婀娜多姿，散发一种无奈的闲愁。我突然想起了李璟的诗句。

朋友是研究古典诗词的。 我拉着他，到了丁香树下，问他，这是什么？ 他一愣，瞧了半天，说实在不知道。 我大笑说，老兄，"丁香空结雨中愁"啊。 他听了，又一愣，喃喃说，丁香空结雨中愁吗？ 然后，也大笑起来，笑得像个孩子。

沧浪亭的记忆

每次到苏州，一定会在沧浪亭边走走，有时进去，有时过门而不入，只沿着园外的一湾渠水，走进自己的想象。

也许沧浪亭在我的记忆中，早就营造好了位置。远在我亲历之前，亭台窗栏就已映照在我呼吸血脉之间了。当然不是因为前世的因缘，不是上一辈子游赏的遗痕，而是从书中得知的布置巧思。

苏子美《沧浪亭记》说到，他在郡学（今天的文庙）之旁，买了一片废旧的池馆。"予爱而徘徊，遂以钱四万得之，构亭北埼，号沧浪焉。前竹后水，水之阳又竹，无穷极。澄川翠干，光影会合于轩户之间，尤以风月为相宜。"

苏的好友欧阳修写了一首《沧浪亭》诗，其中说："清风明月本无价，可惜只卖四万钱。"当然是调侃好友，但沧浪亭的清风明月，从此就深植在后世读书人心中。我想，记忆中的沧浪亭，最早是来自这样的文字。

沧浪亭取意自《楚辞·渔父》："沧浪之水清兮，可以濯吾缨；沧浪之水浊兮，可以濯吾足。"描写超然脱俗之意，反映世事混浊，不如像渔父一般，归隐山林清流。不过，要归隐进沧浪亭，至少还得有欧阳修取笑的"四万钱"，也不是唾手可得的。

记得第一次去沧浪亭，门票五分，现在要交十元钱。看看熙来攘往的参观人潮，每天不会少于四千人次吧？那么，每天的门票费就可以买下沧浪亭了。当然，现在物价高涨，钱不值钱，房地产高飙，在苏州市中心是不可能再营造园林了。

　　这次去苏州，只在园外瞻仰了一番。 不是舍不得那十元钱，是起得太早，闲步到沧浪亭，才早晨七时，园门未开。 我坐在通往大门的小桥上，望着曦光照耀着渠水，闪烁不定，想起了苏子美的诗句："一径抱幽水，居然城市间。"

苏州古城

我每次去苏州，都有无限感慨；每次都跟自己说，下次不来了，再来一定又是一肚子牢骚，说些不合时宜的话，让人扫兴。

然而，还是去。2000年是全国首届昆剧节在苏州举行，看了不少精彩的剧目，尤其是永嘉昆剧团改编的《张协状元》，好极了，既保存了传统最优秀的呈演方式，又能联系到实验小剧场所探索的最前卫表演，有即兴、有批判、有颠覆、有反省、有传承，丰富多彩。可是，走出剧场，看到新建的苏州城，就不禁令人怄气。我住在十全街的南林饭店，多少有点亭台之胜，可是一出饭店园围，一条老街重修改建之后，充满了卖赝品的古董店、假充时髦的咖啡屋，以及张灯结彩的韩国料理。我还不死心，晚上还要出去散步，当然是自讨没趣，结果比关云长过五关斩六将还要费劲，百米之遥的距离，连番驱散了十名皮条客。

次年居然还得去，不过，目的明确，是勘测苏州古典园林，而且有园林局的专家接待，不虞骚扰。园林当然是好看，但是每当旅游团蜂拥而至，导游手举麦克风，大声喊叫，说这个园子叫拙政园，是文徵明住过的，好幽静哦，真美丽呀，我就恨不得起文徵明于地下，问他今世何世。世界文化遗产原来就是世界商品遗产，难怪开全球化会议，会有人去示威。

其实，拙政园是个好地方，是苏州古城的劫余。古城嘛，除了阊门外的七里山塘，在残破中等待重建，差不多已经毁光了。 钱穆八十回忆录中，说他在 1927 年至 1930 年，在苏州省立中学教了三年书，对古城的逐渐消失，深为惋惜："苏州自吴王阖闾、夫差以来，两千五六百年，为中国历史最悠久一城市。 城内远近名山胜迹，园林古刹，美不胜收，到处皆是。 余在苏中三年，游历探讨，赏览无遗。 ……窃意此城，自余当时所见，倘能一一善加保护，其破旧者则略为修葺，宋元明清近千年之历史文物，生活艺术……依稀仿佛，一一如在目前。 举世古城市，当无一堪与伦比。 惜乎……"当然这是保守学者的叹息，新时代的人们一定是不去听的。

网师园的记忆

　　每次去苏州，一定到网师园去看看，一来是观赏园林之胜，二来是追怀自己记忆中的老苏州。

　　其实，我既不是苏州人，又不在苏州长大，有什么老苏州的记忆呢？ 这就只好怪我上大学时受人点拨，读了明代的《园冶》及近代的《江南园林志》，对苏州的园林产生无限憧憬。 更得怪我二十五年前初访苏州，当时"文革"尚未结束，市面萧条，人人朝不保夕，我却花了五分钱买了张门票，一步踏进网师园。 园内空寂无人，真如《牡丹亭》里写的"原来姹紫嫣红开遍，似这般都付与断井颓垣。 良辰美景奈何天，赏心乐事谁家院？ ……朝飞暮卷，云霞翠轩，雨丝风片，烟波画船，锦屏人忒看的这韶光贱！"

　　这五分钱独赏网师园的经历，虽然不至于引出杜丽娘一般的"花花草草由人恋，生生死死随人愿，便酸酸楚楚无人怨"那么惊天地泣鬼神的震撼，却在我心底印上了不可磨灭的记忆。 原来苏州园林真有参天地夺造化之工，真能达到天人合一的境界。 不过，你得像杜丽娘小姐一样，独自一人，在花园里寻梦。

　　我跟许多朋友说过这次经历，反应不同，有的羡慕，有的疑惑，有的甚至说我是顾影自怜。

　　不禁想到，假如我独自一人徜徉在凡尔赛宫，周遭阒无一人，那感受也一样吗？ 也会想到万物与我并生，天地与我合一吗？ 大概不会。 因为我在法国的宫苑里，很难联想到儒道合流的城市山林梦想，更不会想到张横渠。

最近在苏州勘测园林，和园林局的朋友一道吃晚饭，又聊起了我的网师园经历。有一位年近六十的领导干部眼睛发亮，接着我的话头说，没错没错，那时的网师园，经常从早到晚一个人都没有，五分钱都没人进去。一问之下，才知道他就是当时网师园的负责人，我初访前几个月才调去的。

　　我们谈起四分之一个世纪之前的网师园，好像失散的亲人回忆童年岁月一样，居然感到相见恨晚。他说，你比较幸运，记忆只有纯粹的美感。我们当时还得在看松读画轩里背语录呢。

鱼肉双交面

到苏州要吃碗面，是我的习惯。苏州不以面名，苏州人从不夸耀自己的面如何如何，也从来不见有什么苏州人到外地挂起招牌卖"苏州面"。可是，苏州面十分可口，而且还有特色，令人吃了之后还有回味，至少有我可以为证。

当然，要吃好的苏州面，也不是在苏州就唾手可得，还得走对面馆。第一次吃苏州面，是在玄妙观前，走累了，看街上有家老面馆观振兴，灰蒙蒙的，朴实古风之中，还有几丝无奈的沧桑感。我问有什么面，跑堂的指指墙上，稀稀拉拉地列着：虾仁面、熏鱼面、爆鳝面、焖肉面、虾爆鳝面、鱼肉双交面……好像还有素面。这"面"字我是知道的，就是简化的"麵"；"鱼肉双交"可猜不出来是什么名堂，于是，就点了。

面上来，碗不大，面条居然是一团未散，蛰伏在碗底，汤汁也不甚多，上面盖着一片熏鱼、一块白花花肥多于瘦的五花肉，交叠在一起。

我心想，这就叫"鱼肉双交"啊？上当了。等我吃了一口面，才觉得有门道：面条是硬的，刚熟，有劲却爽口，居然有点嚼头，而汤卤也恰好，衬出白面的质朴香味。要比劲道，当然不如老山西的面，然而面的香味带点苏州小家碧玉的秀气，却值得称道。我不禁想到古人比较苏东坡与柳耆卿的词，说苏词宜关西大汉执铁绰板，歌大江东去，柳词宜妙龄少女执红牙板，唱杨柳岸晓风残月。柳永是到过苏州的，不知是否也吃过这种婉约派的苏州"汤饼"？

其实,"鱼肉双交"并不像我苏州朋友解释的:一块鱼、一片肉,交叠放在面上。"交"应该写作"浇",是浇头的意思;"双交"就是两种浇头,广东人所谓的"两馈"。熏鱼好吃且不说,焖肉才是好极了,糯而不腻,肥而不油,从此,我到苏州一定吃碗焖肉面,不再吃双交了。也许是第一印象深入心底,总是最怀念百年老店观振兴,虽然后来吃的朱鸿兴、五芳斋也还可以。之后苏州重建观前街,为了振兴旅游业,大搞现代化步行街商场,却把观振兴给"振兴"掉了。

大热天出游

暑期游览苏州，在园林中徜徉，固然眼底满是绿意，有身在山林之感，却得承受酷热之苦，暴露在三十七八度高温的大自然蒸笼之中，同时更得忍受周遭一批接一批的旅游团，像蚂蚁兵团围住一块馒头一样，挤得跌跌撞撞，那才叫受罪。

为了观赏名胜古迹，大家一起去凑热闹，挤到肩碰肩、腿碰腿、头碰头、脸贴脸，还居然乐此不疲，每年去挤，固然是现代人可怜，假期都挤在暑期。翻翻古书，却发现古人也一样，也会在大热天瞎挤，不过其中另有奥妙。

张岱的《陶庵梦忆》有一条"葑门荷宕"，记他在天启壬戌年（1622）六月二十四日（阳历大概是七月底）到苏州去，"见士女倾城而出，毕集于葑门外之荷花宕（荡）"。楼船画舫，大小船只，全被人租雇一空，有的游客持数万钱都租不到船，焦急得像蚂蚁一样，在岸边徘徊盘旋。

张岱是有船的，便去看看有什么精彩的风光："余移舟往观，一无所见。宕（荡）中以大船为经，小船为纬，游冶子弟，轻舟鼓吹，往来如梭。舟中丽人皆倩妆淡服，摩肩簇舄，汗透重纱。"什么也没看见，只看到人挤人，而且美女如云。

荷花荡作为名胜，在盛暑之时，当然是应该"香远益清，可远观不可近玩"，可是苏州人偏偏要挤进荷花荡里，挤到舟来船往，花叶披靡，一点风光美景都没有了。所为何来呢？张岱说：

> 舟楫之胜以挤，鼓吹之胜以集，男女之胜以溷。歇暑燀

烁，靡沸终日而已。荷花宕经岁无人迹，是日，士女以鞋靸不至为耻。袁石公（中郎）曰："其男女之杂，灿烂之景，不可名状。"大约露帏则千花竞笑，举袂则乱云出峡，挥扇则星流月映，闻歌则雷辊涛趋。盖恨虎丘中秋夜之模糊躲闪，特至是日而明白昭著之也。

原来其中另有奥妙，是在光天化日之下，眉来眼去，传递私情的场合。 大热天的荷花荡，原来与今天的 disco 有同样的作用。

江南名园

编订中国文化教材，涉及园林艺术一章，撰稿人说，苏州的拙政园、留园、网师园和环秀山庄被誉为"江南四大名园"，并由联合国确认为"世界文化遗产"。读了感到十分不妥，因为联合国科教文组织的确把这四个园子列为文化遗产，但选入环秀山庄的理由，并不是因为山庄的园林之胜足以成为一大名园，而是由于戈裕良所堆的湖石假山是传统叠山艺术的精品。其实，环秀山庄是苏州刺绣研究所后面的一方庭院小品，搞古典园林的人是不会将其誉为"江南四大名园"之一的。

不禁想到二十五年前初访苏州园林，导游介绍苏州四大名园，是按时代来分的：北宋的沧浪亭、南宋的网师园、元代的狮子林、明代的拙政园。后来再去，就有园林专家告诉我，从空间布局及园林艺术的角度来看，留园的构思细密精致，变化多姿，又有江南三大湖石立峰之一的冠云峰，当然是苏州名园。而沧浪亭虽古，却稍嫌村野，朴素有余，精巧不足，应当让位给留园。我自己则觉得狮子林的假山堆得十分笨拙，贪多嚼不烂，像儿童乐园中躲迷藏的好处所，独缺雅趣，实在没资格厕身名园之列。因此，想要列出苏州四大名园，已有不同意见了，何况是"江南四大名园"。

苏州古典园林建筑公司的总工程师刚好来访，我就问他，江南四大名园是哪四个？是不是都在苏州？他回答得诚惶诚恐，连道不好说，不好说。要说都在苏州，不给人骂死才怪。上海人一定要说豫园，无锡人要说寄畅园，扬州人要说个园，为什么不列入江南四大名园？ 说不定南京人还要为瞻园、杭州人要为西泠印社打抱不平呢。

我说，不讲江南四大名园了，只讲苏州名园吧。 他犹豫了半晌，说留园是好的，拙政园值得看，网师园应该看，沧浪亭也不错。 虎丘的拥翠山庄也有特色，艺圃也可以看看。 环秀山庄的假山当然是好，但是恐怕不好称为几大名园之一吧？

总之，要列出"四大"，不太容易。

后花园的美学

　　江南园林，一般说来，都是大户人家的后花园，曲径通幽，良辰美景一片，却都藏在屋舍高墙之后，轻易看不到的。这和皇家园林的崔巍气势，十里之外就有牌坊，五里之地就有迎跸殿廊，山是真山，水是真水，当然大不相同。私家园林，哪能动用千万民夫，移山倒海建别业？

　　因此，江南私家园林，就只能小中见大，以虚拟手法堆山水，配上文学的象征想象，让徜徉园中的风雅之士，发挥自己的创意美感。攀十几级石磴，上了假山，就可冥想"登泰山而小天下"；倚着临池亭阁的美人靠，就可想象波涛万顷，"吴楚东南坼，乾坤日月浮"。就像传统戏曲的舞台展示一样，四个龙套就是千军万马，一条布匹就是高城深壑。虚拟示意是艺术，点到为止，再来就凭各人的领悟，靠自己的想象能力来创造心境，跻登美感体会的境界了。听来有点玄。

　　其实，也没那么玄。陈从周曾用"私订终身后花园"来解说中国园林艺术："为什么在后花园私订终身？为什么不在大门口私订终身？花园里有诗情画意，有情感。内因是根据，外因是条件，有这个条件就促进了他们的爱情。"

　　陈从周要说的，是后花园里有情，是情要到后花园里酝酿，不能到大门口去宣布。传统艺术美感讲究蕴藉，不是开门见山式的"我爱你，我向全世界宣布我爱你"。一个有礼教传统的文化，喜欢的是平稳与秩序，美感来自和谐的愉悦，禁不起叛逆性的震撼，不喜欢风浪波涛的刺激。

传统宅院的大门与厅堂，强调的是诗书传家，礼教继世，没有个人内心情感表露的空间。 人而有情，就得到后花园去走走，就像《牡丹亭》里的杜丽娘，进得园来，惊叹："不到园林，怎知春色如许！"

四大名园大中小

　　中国人喜欢用"四"字来标榜绝佳事物，动辄"四大"：四大金刚、四大美人、四大名园。那意思似乎是说，无分轩轾，没得比了，并列第一吧。喜欢用"四"，大概是古代术数之学的流风余韵：太极化两仪，两仪生四象（相）。两仪是阴阳，三才天地人，都不好形容世间的人与物；四象正好，春夏秋冬，东西南北，前后左右，四平八稳的。

　　说到名园，也有四大，而且还有大四大、中四大、小四大，颇为有趣。大四大，是四大中国名园，全国性的，有颐和园、避暑山庄、拙政园、留园。小四大，是四大苏州名园，一个城里的，开始有争议了。有人说是拙政园、留园、网师园、狮子林；有人说狮子林恶俗不堪，是个市井乡俗玩耍的假山群，怎么配四大之称，应该换上沧浪亭，庶几保存几分士大夫隐逸之气；还有人说应该按历史朝代来分，宋元明清，四朝各有代表之作，宋是沧浪亭，元是狮子林，明是拙政园，清是留园。这里尚在纷纷攘攘，争个不休，联合国教科文组织却已颁布了第一批世界文化遗产的苏州园林名单：拙政园、留园、网师园、环秀山庄。环秀山庄上了世界文化遗产的甲榜，与其他三甲并列了，怎么回事？环秀山庄是个小园啊。没错，有一座戈裕良叠的假山，的确是玲珑剔透，曲折有致。可是，我们是在说四大名园，还是四大假山呢？大概洋人没有"四大"观念，挑苏州园林是戴着西洋眼镜的，挑的是三大名园加一座假山，倒把中国人搞糊涂了。

　　至于中四大，则难言哉。中四大说的是江南四大名园，列起来就伤和气了。 苏州人选，简单得很，江南四大名园就是苏州四大名园，苏州四大就是江南四大。 上海人、无锡人当然不服气，上海的豫园不算吗？ 无锡的寄畅园不算吗？ 让你苏州两个"大"，还不够吗？ 别吵，别吵，这一吵引起大家注意，扬州的个园、南京的瞻园也都哇哇叫了，一场哄哄乱。

最麻烦的是，有些新建的仿古园林也要来凑热闹，什么大观园之类的，倒也挺大。 不是比大吗？ 我也该有份啊。

灵隐风光

到杭州，好像总得去灵隐寺一趟，即使不进香，也跟着善男信女随喜一番。 不过，近年旅游业大盛，灵隐已成观光重点，不分晨昏早晚，人山人海，拥挤的程度可比菜市场，让人感到气闷。

我第一次去灵隐是"文革"刚结束之时，砸毁的大殿还没修复，只有外面一进天王殿，不胜凄凉之感。 然而，却幽静，远离市嚣，可以净化污染于红尘的心思。 飞来峰安安稳稳，守着一山苍翠；摩崖造像个个气定神闲，依山傍水，看着时光流转。

徐霞客的《浙游日记》写他到灵隐，因在深秋，山水清寂，十分惬意。 先盘旋于飞来峰的石洞："山间石爽，毫无声闻之溷，若山洗其骨，而天洗其容者。 余遍历其下，复各折其巅，洞顶灵石攒空，怪树搏影，跨坐其上，不减群玉山头也。"

我第一次看到的飞来峰，也是这个景象，盘旋其间，觉得可与山石亲近，感受山峦的脉气。 过了十几年，再去灵隐，就看到飞来峰上爬满了成千上万的徐霞客，有西装革履者，有足蹬高跟鞋者，更多的是呼朋引伴的壮汉、尖叫笑闹的孩童。父母手执相机，怂恿儿女挪动屁股，稳稳坐在佛头上；情侣手牵着手，环抱着佛像的躯体，摆出各种飞天的姿势。

徐霞客当年爬完了飞来峰，下山涉涧，进了灵隐寺，见到"有一老僧，拥袖默坐中台，仰受日精，久不一瞬……是日，独此寺丽妇两三群接踵而至，流香转艳，与老僧之坐日忘空，同一奇遇矣，为徘徊久之"这样的景象，我没见过，将来也不会再有了。

　　现在也有不少丽妇来进香，满头珠翠，满身满臂满手的环镯饰件，不但拜佛，连天王韦陀也拜，然后还在殿外向上下四方一一拜礼。但是，见不到老僧了，见不到闭目合十的和尚，见不到超尘脱俗的大德，只见到几个看守佛殿的年轻和尚，嘻嘻哈哈，挤眉弄眼，算是观光胜地的必要点缀吧。

九溪十八涧

　　我去杭州多次，却从未去过九溪十八涧。每次都有公务，因此，抽不出一段完整的时间，真的到山里走走。偶尔有个半日暇隙，从断桥走到西泠桥畔，就觉得已经游遍了西湖，达成了忙里偷闲的私务，再也不敢有所妄求。

　　最近因为休假到杭州，时间比较宽裕，朋友就说，到九溪十八涧走走吧。我问，远吗？他说，坐车去，很近，不要半小时。我便想到，张岱的文章里说："九溪在烟霞岭西，龙井山南。其水屈曲洄环，九折而出，故称'九溪'。"听起来深邃幽远，不容易走到。民间传说，山里有个青年，化龙而去，离家时依依不舍，回顾了九次，龙尾在山峦中划出了九溪十八涧。听来更是云山雾罩，深山大泽出龙蛇，好像这九溪十八涧是在什么蛮荒之境，有点神秘的色彩。

　　乘了出租车，不到半小时，已抵九溪烟树入口。下车步行，才三五分钟，已经涉过了第一条涧。今年天旱，涧水才及足踝，但清凉澄澈，让人有山林之玄想。一群孩童，提着小桶，手执自造的捞网，趴在涧旁捕溪鱼，看了我们一眼，悄声窃笑，也不知是笑我们顶着大热日头远行，还是笑自己的捕鱼行径被外地人瞧了去。

　　山坡上满植了茶树，显然已经人工开发，发挥经济效益了。但一路行去，石径蜿蜒，溪水淙淙，仍然充满野趣。俞樾曾写过一篇游记，说到九溪十八涧的秀美："四山环抱，苍翠万状，愈转愈深，亦愈幽秀。余诗所谓'重重叠叠山，曲曲环环路，丁丁东东泉，高高下下树'数语尽之矣。"我们走了一阵子，景况与俞樾所说，大体差不多，就十分满意，不再去追究俞樾笔下的"清流一线，曲折下注，灏灏作琴筑声"，到底写的是哪一条溪涧了。

白堤不是白公堤

游览杭州西湖的旅客，时常听到导游介绍，说西湖风光，有白堤、苏堤胜景，白堤是白居易筑的，苏堤是苏东坡建的。多么的诗情画意，不但风光明媚，连基本建设工程，都是唐、宋两代大诗人躬亲监造。有些杭州人也以此为傲，好像堤上的一沙一石，都是白香山与苏东坡亲自挑来的。

白居易与苏东坡都当过杭州的地方官，没错；苏东坡监督筑造了苏堤，没错；白居易筑白堤，却是张冠李戴，没有的事。白居易在杭州筑过堤，也没错，却不是由断桥通向孤山的白堤，而是在古钱塘门外的一段堤，自东往西，遗迹犹存，一直到宝石山麓，与白堤交接。

清代学者如毛西河，早已从白居易的诗中看出，白堤是白沙堤，不是以白居易命名的白公堤。白居易在长庆三年（823）到杭州任刺史，年五十二（虚岁），到任不久，就写过《钱塘湖春行》一诗："孤山寺北贾亭西，水面初平云脚低。几处早莺争暖树，谁家新燕啄春泥。乱花渐欲迷人眼，浅草才能没马蹄。最爱湖东行不足，绿杨阴里白沙堤。"明确显示，白居易初到杭州，就写诗赞美孤山东北面的白沙堤。另一首同时写的《杭州春望》，最后两句是："谁开湖寺西南路？草绿裙腰一道斜。"白居易自己加了注："孤山寺路在湖洲中，草绿时，望如裙腰。"与前诗呼应，说明了孤山寺路就是白堤，是东北、西南走向，白居易来到杭州以前就有了。因此，他才会问，是谁开的这条堤路？

其实，宋代至明代中期地方志书，如《咸淳临安志》《成化杭州府志》，都说孤山寺路是白堤，不是白公堤，清清楚楚的。晚明时期，西湖旅游大盛，白堤也附会成了白公堤，大概也是平民化、通俗化过程中，不可避免的误会吧。

陈老莲盯梢

陈老莲是明末的大画家,名洪绶,字章侯,老莲是他的号。 他的山水人物都富有奇趣,古拙佶屈,甚至有点刁钻古怪,但却别有韵味,让人想到陶潜笔下羲皇上人的风致。

香港艺术馆的虚白斋收藏,就有不少老莲的作品。 有一次展出他的花卉册页,我在画前流连了许久,看那些花花草草,真是"花非花,雾非雾",绝不写实。 却让我想到《牡丹亭》里杜丽娘所见的花草,特别是"寻梦"一折说的"这般花花草草由人恋,生生死死随人愿,便酸酸楚楚无人怨"。 也不知是陈老莲的艺术感染力特强,还是我在发挥"观众参与"的"接受性想象创造",总之,册页中的花草十分耐看,让我领会到艺术的再现,有时是高于客观真实的。

我一直有个印象,好像陈老莲是个孤僻的老头,生活在他自己创造的艺术世界里,不食人间烟火。 其实不然。 他颇有些现代艺术家的性格,纵情放恣,颇为豪爽。 他的好友张岱,在《石匮书后集》里说他"画虽近人,已享重价。 然其为人桃达,不事生产,死无以殓。 自题其像曰:浪得虚名,穷鬼见诸。 国亡不死,不忠不孝"。

张岱还曾记载一段他与陈老莲夜游西湖的趣事,时在崇祯己卯年(1639)中秋前二日。 老莲要泛舟赏月,张岱就吩咐苍头备酒雇船,夜游西湖。 老莲独饮,不觉已有醉意。 后来就有了艳遇:

> 章侯方卧船上嘤嘤,岸上有女郎命童子致意云:"相公

船肯载我女郎至一桥否?"余许之。女郎欣然下,轻纨淡弱,婉嬺可人。章侯被酒挑之曰:"女郎侠如张一妹,能同虬髯客饮否?"女郎欣然就饮。移舟至一桥,漏二下矣,竟倾家酿而去。问其住处,笑而不答。章侯欲蹑之,见其过岳王坟,不能追也。

原来陈老莲不只会画画,还会吊膀子、盯梢。

杀风景

《儒林外史》有一段写马二先生游西湖，人物虽是小说虚构，但所写景色却有时代的根据，是雍正、乾隆年间的景象："真乃五步一楼，十步一阁。一处是金粉楼台，一处是竹篱茅舍，一处是桃柳争妍，一处是桑麻遍野。那些卖酒的青帘高扬，卖茶的红炭满炉，士女游人，络绎不绝。"这里写的杭州西湖，虽然游人如织，至少还有"竹篱茅舍"与"桑麻遍野"可看，多少有点野趣，不全是楼台笙歌人挤人。

明清时期的西湖，已成为旅游胜地，而且也和今天的观光热点一样，出现了大批典型观光客，特征就是"看人不看景"。万历年间的张京元写西湖景色，说断桥一带："春时肩摩趾错，男女杂沓，以挨簇为乐。无论意不在山水，即桃容柳眼，自与东风相倚，游者何曾一着眸子也。"这是说，人挤人，人看人，全不在意西湖的春光美景，眼里根本没有桃红柳绿。袁宏道也说过类似的话："由断桥至苏堤一带，绿烟红雾，弥漫二十余里。歌吹为风，粉汗为雨，罗纨之盛多于堤畔之草，艳冶极矣！"到西湖，本来是为了玩赏自然风光的，结果"罗纨之盛多于堤畔之草"，与香港的摩登人去兰桂坊的目的相同了。

张恨水在 1934 年曾写过一文，说西湖有十可厌。其八是："孤山独立水中，古梅老石，境须清幽，今则前为马路，后列长桥。草坡易为巨石码头，曲径改为柏油小路，楼阁迭起，空疏尽塞。"钱歌川在 40 年代也发过类似的感慨："好好一条白（公）堤，他们把它修成了一条马路，汽车来往，风驰电掣，使得游人提心吊胆，不敢尽兴闲游。这多么杀风景呀！'断桥残雪'一个富有诗意的美景，从那以后，永远看不见了。"

风景杀光了，只好人看人。

城隍老爷

杭州为了发展观光，在城东南山巅建了一座城隍阁，巍峨矗立，金碧辉煌，其大无朋，像一方玺印，压在西湖风光之上。 要说杀风景，也可列入全国大杀风景之林。

杭州的城隍老爷，在宋朝时是孙本，明代换了周新。 这个周新是永乐年间有名的法官，直言敢谏，铁面无私，绰号"冷面寒铁"，令人望之生畏。 明末张岱曾记，京城里小孩啼哭，只要说周新来了，就有止哭之效。 后来因为逮捕一个贪黩的锦衣卫千户，被锦衣卫指挥诬告。 抓到永乐皇帝陛前，却抗颜直辩，把皇帝惹火了，推出杀掉，却大呼："生作直臣，死作直鬼。"周新死后，大概皇帝有点后悔，也可能发现了锦衣卫的诬陷，就传出了个神话。 张岱是这么记的：

> 一日，上见绯而立者，叱之，问为谁。对曰："臣新也。上帝谓臣刚直，使臣城隍浙江，为陛下治奸贪吏。"言已不见。遂封新为浙江都城隍，立庙吴山。

张岱的记载平平实实，全无评论。 不过，我们读了不免要生些感想。

第一，周新是直臣，直来直往，说了抗辩之词，是"犯上"，所以被杀了。 他犯的上，是杀人不眨眼的永乐皇帝，所以死得也不冤。 第二，既然死得不冤，怎么皇上又会白日见鬼，听周新前来报告呢？ 这就是永乐治术高明之处了。 不但让周新为他肝脑涂地，而且不准"死而后已"，死了还要利用他的直声，让他到浙江去任"都城隍"，管浙江一地，神道设教，继续"鞠躬尽瘁"。

　　新建的城隍阁太过恶形恶状，所以，我拒绝前往观赏。不知道里面是否还供奉着城隍？ 是否还是周新？ 还是换了什么新派人物？

阳明讲学处

一大早从杭州去余姚，居然一路都是高速公路，路边矗立着农民新盖的房舍。 说"矗立"，是贴切的形容，因为这些"农舍"大都盖成迪士尼乐园的童话式古堡，不但巍峨壮观，还幢幢都顶着一个尖塔，塔尖是葫芦形的不锈钢避雷针，直指天宇。

车行迅速，一个半小时就到了余姚。 眼前的县城，栉比鳞次，全是新楼，与我心目中的"姚江"大异其趣。 朋友说有个龙山公园，是余姚四贤碑所在，可以凭吊一番，隐约缅怀一点古风。

龙山是座小山，在半山坳看到了四贤碑。 碑是新立的水泥碑，碑亭也是新建的水泥亭，建造得十分粗糙，难以发思古之幽情。 但是，看到并排而立的四座碑，依次纪念余姚的乡贤严子陵、王阳明、朱舜水和黄宗羲，还是令人肃然起敬，感到此地文化底蕴的深厚。

循着山径，爬到山顶，有个可以憩止的山亭，有匾额大书"阳明亭"。 不禁令人想到，这是王阳明的故乡，这座可以俯瞰余姚县城的小山，当年也有阳明的足迹，甚至可能布满了他童年时代嬉戏的游踪。 阳明幼时，曾口诵一绝，颇令父辈惊叹："山近月远觉月小，便道此山大于月。 若人有眼大如天，当知山高月更阔。"不知道诗中的山，是否就是这座龙山？ 是否由此得的灵感？

下山时经过一处古建筑，要收参观费。 一问之下，说是阳明讲学处，只有一进三间，当中的横匾是"中天阁"。 阳明晚年回到家乡，曾在此聚集生徒，讲他的致良知之学。现在看到的古建筑，已经不是阳明讲学时的屋宇，不是文献中提到的龙泉山中天阁了。阳明死后，朝廷曾经禁止讲学，"反对自由化"，后来虽然开禁，阳明讲学处却变成了尼姑庵。到了乾隆年间，县太爷心仪阳明学说，才重建了龙山书院，盛极一时。太平天国之乱，兵燹烧到浙东，书院遭毁，直到光绪年间又再重建，才恢复了旧貌。

由阳明讲学处，可以一睹余姚县城，真的是"旧貌换新颜"，全是钢筋水泥的高楼大厦。只是，不知还有多少人记得王阳明？

余姚中天阁

  王阳明（1472—1529）于弘治乙丑年（1505），三十多岁，在北京当兵部主事时，写过一首五律《忆龙泉山》，回忆他青少年时期在家乡浙江余姚的乡野生活："我爱龙泉寺，寺僧颇疏野。尽日坐井栏，有时卧松下。一夕别山云，三年走车马。愧杀岩下泉，朝夕自清泻。"龙泉山是座小山，就在余姚城边，我今年夏天去了一趟，由山脚到山顶，盘旋迂回而上，也不过就是半小时。山不在高，有仙则名；水不在深，有龙则灵。这小山上有过王阳明的足迹，有他卧松下、坐井栏的岁月，有他陶养于山云的灵气，当然值得一游。龙泉寺是没有了，但龙泉还在，也有护着一小潭泉水的井栏。不过，泉水已接近干涸，那小潭也不清澈，映着蹊跷的暗绿，我是不敢喝的。我想，当年绝对不是这样，否则王阳明不会写下"愧杀岩下泉，朝夕自清泻"，以之比喻澄澈高洁的境界。

  龙泉边上有屋数楹，有一间悬挂横匾"中天阁"，说是阳明晚年讲学之处。王阳明在1525年写过《书中天阁勉诸生》，其中说到，他每次回家乡都在此聚集生徒，讨论学问，然而聚少离多，学生容易一曝十寒。因此，他建议生徒经常聚会，切磋琢磨："或五六日、八九日，虽有俗事相妨，亦须破冗一会于此。务在诱掖奖劝，砥砺切磋，使道德仁义之习日亲日近，则世利纷华之染亦日远日疏……相会之时，尤须虚心逊志，相亲相敬。大抵朋友之交以相下为益。或议论未合，要在从容涵育，相感以诚，不得动气求胜，长傲遂非。务在默而成之，不言而信。"聚会讨论不说，还要有虚心问学的程度，不要逞气争辩。

我在中天阁流连了许久，想着阳明循循善诱的情景，不禁神往。

北京的风沙

时常听北京的朋友抱怨，说春天时候风沙大，铺头盖脸而来，可怕极了。有人说，这是塞北沙漠化日趋严重的迹象。香港和北京，虽然相距几千里，又是一国两制，但北京风沙严重，香港人似乎难辞其咎。香港人为了讨吉利，也不管好吃不好吃，死活就是要吃谐音"发财"的发菜，而这个发菜呢，偏偏就长在塞外的漠地里，有固沙的作用，是天然防治风沙的宝物。非吃发菜不可的后果，就是加速了沙漠化，造成了北京的风沙，破坏了首都的美好形象。听起来真是"国家兴亡，匹夫有责"，坐在香港的酒楼里，胡乱点了一客发菜罗汉斋，也许就成了民族罪人，破坏了中华大地生态的平衡。

不过，我颇怀疑香港人吃发菜会造成如此巨大的民族危机。当然，先要声明，我不赞成到塞北去乱挖发菜，甚至呼吁香港人以后不要吃那种乌七八糟、状似乱发的东西。最好是由立法会立法，特区政府执行一条新法令，把含有丰富维生素的通菜正式定名为"通财"，把那种像洗浴后残留在浴缸里的乌黑肮脏东西定名为"输菜"，庶可免去一场民族危机，也算港人报国的大功。

我的怀疑，是历史家的本能所致。难道北京风沙大，是今天才有的吗？是从前虽有，于今为烈吗？真的是沙漠化日趋严重吗？

姚克在 1934 年《申报·自由谈》上，有篇散文《风和土》，是这么说的：

> 排山倒海一般，洒粉似地卷在空中，连天都变成了灰黄——这是北平的咒诅——风和土。……虽然北平的房子都是严密地糊着纸，也免不了风和土的侵入。几案杂物上不到一会儿就罩上了一层黄黑色的细灰土，甚至于抽屉里也有，这真可以说是"无孔不入"了。一出大门更不用说了。风助土势，土借风威，黄漫漫地占了整个空间。女人们有用薄纱遮脸的，男人们有戴遮风眼镜或用手帕掩住口鼻的，但到底还不济事。

看来，港人不吃发菜，北京还是有风沙。

再谈北京的风沙

　　北京有句俗语："无风三尺土，有雨一街泥。"这话源自哪个年代，恐怕要好好考证一番，但自清末民初以来，就已经挂在北京人嘴边，好像北京的风沙尘土是生活的一部分，像柴米油盐酱醋茶一样，少不了的。

　　北京风沙蔽天，陈独秀指为"北京十大特色"之一，与"满街巡警背着枪威吓市民"同列，当然是贬义。周作人也说，北京多风尘，简直就成了边塞。沈从文则以"沙子风吹扬"来指画这光景。

　　五四新文学作家中，郑振铎写过一篇《北平》，刊在1934年年底的《中学生》杂志上。文章一开头，是这么说的：

> 　　你若是在春天到北平，第一个印象也许便会给你十分的不愉快。……一阵大风刮来，刮得你不能不向后倒退几步；那风卷起了一团的泥沙，你一不小心便会迷了双眼，怪难受的；而嘴里吹进了几粒细沙在牙齿间萨拉萨拉地作响。耳朵壳里，眼缝边，黑马褂或西服外套上，立刻便都积了一层黄灰色的沙垢。你到了家，或到了旅店，得仔细的洗涤一顿。才会觉得清爽些。

　　春天刮大风沙，其实是北京的常态，虽可称之为特色，而且令人讨厌，却非"天象示警"式的异象。

　　北京的风沙，在李慈铭《越缦堂日记》中也常记载，咸丰十年（1860）三月初十："昧爽饕风发屋，终日扬沙。昼晦。黄涨天宇，万响奔吼。北地多疾风。"十一日又记："终日风怒不怠，日色惨淡，黄沙蔽空。"写得凄凄惨惨戚戚，真是天昏地暗。 可是，李慈铭并不觉得这是异象，也没听过什么官员指为"天象示警"，向朝廷上疏，恳请变更政策。 所以，北京的风沙，其实是大家早已接受的自然现象，是季候变迁不可免的麻烦。

到沙漠里种些防沙的植被，降低沙漠化的扩张，是好事。要大张旗鼓，一举灭绝北京的风沙，我担心，还不知会闹出什么事来。

苍山洱海

　　苍山洱海，听起来颇有诗意，更引人遐想，总想到点苍山苍翠的幽谷中有着纵横的剑气，直冲云霄，与山巅的积雪相互辉映。　小时读武侠小说，那些作者也不知道是否去过云南，却动不动就写个点苍剑派、点苍剑法、点苍剑侠，还绘形绘影，描写点苍山脉的悬崖绝巘与深谷幽壑，写得历历在目。至于洱海，更有人写成波涛万顷，好像真是汪洋大海一般。

　　最近去了大理一趟，苍山洱海在眼前，苍翠秀丽的是山，清澈平静的是水，的确是赏心悦目。　但山不高，水也不广，倒有些江南风味。　点苍山有十九峰十八溪，溪水顺着溪谷流下，汇入长长弯弯如耳朵形状的洱海，使得山麓的平野一片绿意，平添苍山洱海之间的富饶景象。

　　点苍山虽不高，却有些景致。　徐霞客的《滇游日记》记他在 1639 年农历三月十二日，与友人登点苍山，到清碧溪游赏，是从大理古城出发的，向南爬过了中和峰、玉局峰，又过了一峰（应为马龙峰），就进入峡谷，看到清碧溪了："峡中西望，重峰罨映，最高一峰当其后，有雪痕一派，独高垂如匹练，界青山，有溪从峡中东注，即清碧之下流也。"

　　徐霞客与友人溯溪而上，看到的山景，奇险幽深："有巨石蹲涧旁，两崖巉石，俱堆削如夹。　西眺内门双耸，中劈仅如一线，后峰垂雪，正当其中，掩映层叠，如挂幅中垂，幽异殊甚。"清碧溪的峡谷十分险峻，而两岸高耸，中间劈开一线天光，却有雪峰在当中作为背景，像挂着一幅天然奇绝的画轴。

清碧溪的风光似乎愈幽深愈美丽："复西半里，其水捣峡泻石间，石色光腻，文理灿然，颇饶烟云之致。"再沿着溪涧向上，最后就看到"水从门中突崖下坠，其高丈余，而下为澄潭。潭广二丈余，波光莹映，不觉其深"。

可惜这样的景致我没见到，也不知点苍云深不知处，是否山水依旧，还如当年徐霞客所见？

徐霞客登山涉险

徐霞客（1587—1641）是明末的大旅行家，所著《徐霞客游记》，不但富有文采，是中国游记文学中最杰出的作品，而且对地貌的描述刻画入微，也是重要的地理学文献。许多人提到徐霞客，都说他是伟大的旅行家。旅行其实就是游山玩水，游山玩水而可以"伟大"，足见徐霞客的游历必有不同凡响之处。

徐霞客游山玩水的方式，颇似今天的登山健儿，"无限风光在险峰"，愈是险峻愈吸引他前往，而且一定是自己攀登，绝不像传统士大夫那样坐着轿子或滑竿登山。我时常想，徐霞客的伟大，就在于他有现代人的冒险犯难精神，有一种不计功利的探险求真的好奇心。他就像登陆月球的太空人一样，往前踏出的那一步，即使是生死未卜，也一定是绝无反顾，勇敢果断。

徐霞客在 1639 年农历三月十二日，登点苍山，游清碧溪三潭，时年五十四岁。五十四岁，在明代要算是老翁了，然而看他登山涉水的飒爽英姿，绝对是今天自夸为"后中年"的男士所望尘莫及的。他和朋友到达清碧溪下潭之后，因为欣赏澄潭景色，觅路不得，居然循着水瀑的槽道，攀缘而上："遂蹑峰槽，与水争道，为石滑足，与水俱下。倾注潭中，水及其项。亟跃而出，踞石绞衣。"石头太滑，掉到潭里去了，水一直淹到脖颈。想来徐霞客水性还不错，像古代侠客一般，一跃而出水面。

五十四岁的老人了，在深山中掉进潭里，又是春寒犹在之时，心情如何呢？ 若是别人，大概懊丧无比，只想回家烤烤火，舒舒筋骨。 徐霞客则不同："攀北崖登其上，下瞰余失足之槽，虽高丈余，其上槽道，曲折如削，腻滑尤甚。 ……再逾西崖，下觑其内，有潭方广各二丈余，其色纯绿，漾光浮黛，照耀崖谷，午日射其中，金碧交荡，光怪得未曾有。"后来干脆攀崖而下，"踞石坐潭上，不特影空人心，觉一毫一孔，无不莹澈。 亟解湿衣曝石上，就流濯足，就日曝背，冷堪涤烦，暖若挟纩"。

居然在潭边行日光浴了，的确伟大。

滇中花木

云南的花是有名的，一年四季都有花，姹紫嫣红，争奇斗妍。 在过去几十年，云南最大宗的经济作物是烟草。 再早些，民国时期，是烟土，即是鸦片烟，种在山林黔谷之中的是罂粟花，随风摇曳，一片片艳丽夺目的卉瓣，在阳光雨雾之中闪烁着奇诡的风情，是比带刺的毒玫瑰还要迷惑人的邪恶美。

邪恶也会美吗？ 只从外观来看，满山遍野的罂粟花是很美丽的；然而，背后有人操纵的经济行为，转变罂粟为鸦片、为海洛因，经过人的提炼，就成了陷人于不可自拔的深渊的毒品。 看来罂粟花之毒，主要还是人类赋予的；罂粟的邪恶，主要是人心的邪恶。

现在到云南，看不到罂粟花了。 也许在什么深邃的山谷里还有，不过，我没有看到的本事。 朋友说，现在鼓励种花，作为商品作物，取代烟草，希望能够打入国际鲜花市场。 他带我到花市去看，果然精彩，令我大开眼界：鲜艳欲流的玫瑰，含苞待放的香水百合、石竹花、鸡冠花……想要什么？老大娘凑上来问。 十块钱四把，买吧，买吧。 五十朵鲜艳的红玫瑰，每一朵都有我的手掌大，十元人民币？ 五十枝早上才割下来的香水百合，还带着清晨的露水，十元人民币？ 难怪朋友说，昆明的花比菜还便宜，虽然听来大煞风景，极无诗意，却是事实。

不过，新割的鲜花虽好，我还是钟意传统的云南花木，山茶与杜鹃，都不是可以割鲜上市的。 也许是我落伍，赶不上市场经济的大潮，却总觉得山茶与杜鹃才真正点缀了云南的山水，让人感到这片土地美得自然、美得真实。

徐霞客曾写过一篇短文《滇中花木记》，说："滇中花木皆奇，而山茶、山鹃为最。 山茶花大逾碗，攒合成球，有分心、卷边、软枝者为第一。 ……山鹃一花具五色，花大如山茶，闻一路迤西，莫盛于大理永昌境。"我到大理丽江的时间不对，已是阳历八月中旬，花季早已过了。 不过，当地人还是带我看了玉龙雪山的山鹃，有大有小，有高有矮，沿着两千米的山麓，直上四千米的山肩，顽强而执着，匍匐在山坡上，等着明年的春天。

大理蝴蝶泉

在大理的时候，遵照朋友的安排，去看蝴蝶泉。 想象之中，这是清幽的山谷，茂密的树林之间有一泻清泉，枝头的繁花引来上下飞舞的蛱蝶，令人心旷神怡。

到了蝴蝶泉，迎面是巨大的广告照壁，电影《五朵金花》里五位白族少女，笑逐颜开，欢迎你到蝴蝶泉来参观。 心知不妙，这蝴蝶泉大概已经变成五朵金花泉了。 转过照壁，再往前不远，是一大片停车场，已经停了近百辆游览车辆。 停车场四周则是卖各种纪念品的摊位，熙熙攘攘，像赶集一样。真是成千上万，是人，不是蝴蝶。 人多得摩肩擦踵，比大理城里还多，怎么可能有蝴蝶呢？

当时门票三十二元一张，还真不便宜。 假如能看到三四只蝴蝶，就算是每只收费十元吧，省下三四顿饭钱，也总算在蝴蝶泉看到了蝴蝶翩飞。 结果当然是一只蝴蝶也没有，只看到一潭清水，一棵据说是覆满过蝴蝶的蝴蝶树，还有郭沫若题的三个大字"蝴蝶泉"。 当然，还有人，满坑满谷的人。

满坑满谷的人却分两类：一类是提着照相机的观光客，成群结队；另一类是穿着白族服饰的少女，五人一组，供人照相的，一次十元。 这就让我想起，白族称最美丽的姑娘叫金花，其次为银花，依次为铜花、铁花，最不堪的是狗尾巴花。何其不幸，花了三十二元进来，一路上只看见狗尾巴花。

蝴蝶泉在郭沫若题字以前是什么样子呢？ 听朋友说，真是满山满谷蝴蝶的。

我相信，因为徐霞客来过，也有记载："有树大合抱，倚崖而耸立，下有泉，东向漱根窍而出，清洌可鉴。 稍东，其下又有一小树，仍有一小泉，亦漱根而出。 二泉汇为方丈之沼……泉上大树，当四月初，即发花如蛱蝶，须翅栩然，与生蝶无异。 又有真蝶千万，连须钩足，自树巅倒悬而下，及于泉面，缤纷络绎，五色焕然。 游人俱从此月，群而观之，过五月乃已。"

徐霞客本人没见过，记的是他人的转述。 朋友说，他可是亲眼见到的，不过，是在四十年前。

大理喜洲镇

老舍在抗战期间，曾有云南之游，因为探访华中大学的老朋友，特别到了大理的喜洲镇。喜洲镇在洱海边上，遥望不远的点苍山，峰峦连绵，景色优美。

老舍初见洱海，有些失望："洱海并不像我们想象的那么美。海长百里，宽二十里，是一个长条儿，长而狭便一览无余，缺乏幽远或苍茫之气；它像一条河，不像湖。还有，它的四面都是山，可是山——特别是紧靠湖岸的——都不很秀，都没有多少树木。这样，眼睛看到湖的彼岸，接着就是些平平的山坡了；湖的气势立即消散，不能使人凝眸伫视——它不成为景！"

老舍说的山，紧靠湖岸的山，没有树木的山，不是点苍山，是湖对面的鸡足山。他说的一点也没错，鸡足山是见面不如闻名。名气大，靠的是佛刹，是传说中的宗教神秘气氛，绝不是山色的秀丽。你到了洱海，总会感叹，苍山为什么离洱海那么远，而紧靠着湖东岸的山怎么如此乏味？可是也别忘了，就是因为苍山洱海有一段距离，才出现了一片绿野平畴，孕育了富饶的地方文化。

就在这片平畴中，有个喜洲镇。老舍到了喜洲镇，觉得是个奇迹，誉之为世外桃源。最有趣的是，让他联想到英国的剑桥："进到镇里，仿佛是到了英国的剑桥，街旁到处流着活水：一出门，便可以洗菜洗衣，而污浊立刻随流而逝。街道很整齐，商店很多。有图书馆，馆前立着大理石的牌坊，字是贴金的！有警察局。有像王宫似的深宅大院，都是雕梁画柱。 有许多祠堂，也都金碧辉煌。"

老舍会联想到剑桥，当然是因为剑河水流弯弯，穿过古风优雅的大学城，幽静高雅，又有人文气氛。 喜洲镇在大理一带是个人文荟萃之区，又十分清幽恬静，让老舍流连不已。

现在的喜洲镇已开发为旅游景点，深宅大院转为观赏白族歌舞、品尝白族三道茶的娱乐场所。 游览车出出进进，旅游团蜂拥而至，大呼小叫，纷纷扰扰。 假如这里像剑桥，那么，九龙的油麻地旺角就是牛津了。

老舍在昆明

抗战期间老舍到云南去游历，大部分时间在昆明，其间也去了大理一趟。在他的笔下，昆明是很有情趣的。他跟音韵学家罗常培一道，住靛花巷，真是"谈笑有鸿儒，往来无白丁"，邻居有历史学家郑天挺、哲学家汤用彤、爱唱昆曲的统计学家许宝騄、研究英国文学的袁家骅等等，又见到了闻一多、沈从文、卞之琳、朱自清……好像这条靛花巷是学术文艺中心似的。

老舍说："靛花巷是条只有两三人家的小巷，又狭又脏。可是巷名的雅美，令人欲忘其陋。"我看原因不是巷名的雅美，是这两三人家，住的全是一时俊彦。就像刘禹锡说的：山不在高，有仙则名；水不在深，有龙则灵。

不过，老舍说昆明的街名雅美，也有道理。靛花巷附近有玉龙堆、先生坡，都有趣。假如老舍还活着，今天到昆明去走一趟，大概心情就不同了。看看满街的路名吧：建设路、东风西路、东风东路、人民西路、人民中路、人民东路、环城西路、环城南路、环城东路、环城北路、一二一大街……好像住的是一城机器人，只会想如何如何实用，情趣嘛，似乎顾不上了。

老舍随着罗常培下乡，到了北大文科研究所住的龙泉村。这里又聚集了一批俊彦，冯友兰、徐旭生、罗膺中、钱端升、王力、陈梦家、吴晓铃等等。快到中秋了，徐旭生建议，中秋夜到滇池去泛月，包条小船，带着乐器与酒果，像苏东坡游赤壁那样，畅怀竟夜。商议了半天，毫无结果，因为："一，船价太贵。 二，走到海边，已须步行二十里，天亮归来，又须走二十里，未免太苦。 三，找不到会玩乐器的朋友。"充满情趣的计划，没能力实现。 滇池月成了镜花水月，不过，情趣还在。

最后，是吴晓铃掌灶，大家帮忙，居然做了一桌可口的菜。 在院中赏月，还有人唱昆曲，也是颇有情趣的中秋。

现在的昆明人，在滇池边赏月容易多了，打个"的"就到了湖堤大道。 只是，情趣没了。

民家话

老舍在大理的时候，发现当地的学生讲一种"民家话"，引起他很大的兴趣。他弄不清民家话究竟属于哪一种语言系统，也不知道"民家"到底指的是什么人。他只能按常识推测："在大理城中，人们讲官话，城外便要说民家话了。到城里做事和买东西，多数的人只能以官话讲价钱和说眼前的东西的名称，其余的便说不上来了。所谓民家者，对官家军人而言，大概是明代南征的时候，官吏与军人被称为官家与军家，而原来的居民便成了民家。"

老舍的推测大体没错，想来有不少知识来自好友语言学家罗常培。这时罗常培正在调查研究云南少数民族的语言与汉语方言，总会讲点有关地方上的语音学知识给老舍听。

关于"民家人"是什么人，长期在丽江一带调查的洛克（Joseph Rock）指出，就是大理一带的土著白族。汉族文献称之为白族，他们自称"盘子"或"盘怒子"，纳西人则称他们为"勒布"。也就是在唐代建立南诏国的白蛮的后代。

据学者考证，白族的祖先就是秦汉以来的僰（音 bó）人。《史记·西南夷列传》提到巴蜀之民向西南开发商机，"取其筰马、僰僮、髦牛，以此巴蜀殷富"。筰指的是四川西南，与云南相接之地，筰马就是川滇所产的马；僰僮则是以僰人为僮仆；髦牛即牦牛，出产在青藏高原一带。筰马、僰僮、牦牛的排列，自东而西，地理观念倒是清楚。同书《司马相如列传》说唐蒙"通夜郎西僰中"，讲的就是西南夷。通西南夷，目的是征服西南，当然先得逢山开路，遇水架桥，先让道路畅通，才能大军征服。

在西南夷中，僰人的文化程度是最高的。《水经·江水注》里就说："夷中最仁，有人道，故字从人。"这段话固然有汉族的种族偏见，但僰人文化高，并与汉人相杂的情况，却是长期历史发展中的现象。 白族不但建立了南诏国，后来还建立了大理国，使用汉家制度，提倡文化，不遗余力。 不过，他们说的却不是中原流行的官话，是"民家话"。

大理的风花雪月

一般人说风花雪月，往往不是实指四项自然景物，而是指闲情逸致，徜徉于自然美景，或是指花前月下的儿女情长。《水浒传》里说高俅"每日三瓦两舍，风花雪月"，就说他是浮浪子弟，每天在风化区游荡，做些"风花雪月"的营生。风花雪月，成了有伤风化的代词。

然而，风花雪月的原意，指四时风光，是对季候变迁的观察与感怀。在云南大理，则说得更具体，每项自然景物都有特定地方实景：下关风、上关花、苍山雪、洱海月。而且当地的人还传诵一首谜语诗："虫入凤窝不见鸟，七人头上长青草，细雨下在横山上，半个朋友不见了。"正好打风花雪月四字。

下关风大，是因为苍山十九峰太高，挡住了东西走向的气流，只在山脉南端和哀牢山脉之间有峡谷，而峡谷则正对着洱海南端的下关。因此风大，而且是东西向，成了有名的下关风。

上关花则有点奇特。徐霞客在崇祯十二年（1639）三月抵达上关，到三家村寻访这棵上关花奇树："问老妪，指奇树在村后田间。又半里至其下。其树高临深岸，而南干半空，直然挺立，大不及省城土主庙奇树之半，而叶亦差小。其花黄白色，大如莲，亦有十二瓣，按月而闰增一瓣，与省会之说同。但开时香闻远甚，土人谓之十里香，则省中所未闻也。……花自正月抵二月终乃谢，时已无余瓣，不能闻香见色，惟抚其本辨其叶而已。"徐霞客说的昆明土主庙奇树，又叫菩提树，"其大四五抱，干上耸而枝盘覆，叶长二三寸，似枇杷而光。 土人言其花亦白而带淡黄色，瓣如莲，长亦二三寸，每朵十二瓣，遇闰岁则添一瓣。 以一花之微，而按天行之数，……物之能测象如此，亦奇矣"。 的确是奇怪，闰年就多一瓣，实在不合情理。 不过，徐霞客并未亲眼见到，是听土人说的。 这棵大理奇树上关花，后来因为达官贵人都要来看，乡民难以招架，干脆砍掉了。 听说近年重建了上关花公园，遍植木莲花，仍旧说是平常开十二瓣，闰年开十三瓣，我就不信。

苍山雪，洱海月，是自然风光，变不出传说来。

娘娘叫狗山

徐霞客《滇游日记八》，说他在崇祯十二年（1639）三月二十四日，离开大理之后，越过了点苍山，进入漾濞地界，过了黄连堡，登上观音山。山脊上有碑，徐霞客拂碑读之，"言昔（诸葛）武侯过此，方觅道，闻犬吠声，而左右报观音现，故俗又呼为娘娘叫狗山，按《郡志》，即地宝藏山也。"

俗名娘娘叫狗山，真是有趣，富有民间气息。这座山现在俗名成了学名，就叫娘娘叫狗山了，山上还有座观音庙，内祀观音，在观音身旁还塑了条黑狗。地方的传说是，唐三藏西天取经时经过此山，在山中迷路，观音放出黑狗，为之引路。后来黑狗就化为麒麟，成为百兽之王，山中百兽都要到此来朝王。《新编大理风物志》说，现在每年正月间，猎人都到此打猎，训练猎犬，即是因为传说流布深远。

这个传说的发展颇有趣，原先重点在观音娘娘，后来就转到狗身上去了。徐霞客称此山为观音山，讲的是诸葛亮的故事，听到狗叫，然后是观音娘娘现身。其实，观音菩萨信仰的普及，大概是在西晋竺法护翻译《正法华经光世音普门品》之后。与娘娘神信仰的混合，成为民间信仰的观音娘娘，就更晚了。诸葛亮南征，"五月渡泸"，有没有经过娘娘叫狗山，很难说。但是说他在此见到观音显灵，恐怕是编故事的人盘古开天地，把时代搞错了。倒是唐三藏取经传说，时代上比较可能，但地望却又搞错了，因为唐三藏到西天走的路是从西域过葱岭，不是滇缅之间的茶马古道。

不过，传说不必深究，民间流传的故事时常会改头换面出现。 民俗学家总是说，其中有文化的深意在，甚至反映了重大的历史事件或文化积淀。 就娘娘叫狗山而言，最重要的传说元素不变的有二：一是观音娘娘，二是狗叫。 至于是什么人迷了路，狗为什么叫，从明朝到现在都没说清楚，将来是更说不清了。

我不知道民俗专家是否有更高明的解释，我只能说，老百姓很有学问，把传说中的文化积淀凝聚到地名上了，娘娘叫狗山。

天宝万人冢

在大理下关有个万人冢，现在有块碑立在冢前，曰"大唐天宝战士冢"。这碑是光绪十三年（1887）云贵总督岑毓英立的，给人的印象是大唐天宝年间，有成千上万的英勇战士死在这里，"青山有幸埋忠骨"。《新编大理风物志》说，此冢原名"大唐天宝阵亡将士冢"，听起来就更伟大了，阵亡将士埋骨边疆，马革裹尸，应当是中华民族的荣光，不知是否有人照料春秋二祭，香花冥纸，呜呼哀哉尚飨。

冢前还有一块诗碑，是明代驻大理参将邓子龙题的："唐将南征以捷闻，可怜枯骨卧黄昏。惟有苍山公道雪，年年披白吊忠魂。"这首诗语意暧昧，不但说阵亡将士是"可怜枯骨"，还说"苍山公道雪"，好像是苍天有眼，他们死在这里，公道自在人心。又说"惟有苍山公道雪，年年披白吊忠魂"，难道中央政府从来不来祭奠国殇吗，让这些忠烈的阵亡将士飘零边疆，成了孤魂野鬼吗？

翻开史书看看，原来真是一页悲惨而不光彩的历史。

天宝年间，在苍山洱海一带，南诏兴起，起先得到唐朝的扶持，后来关系交恶，乃至于兵戎相见。天宝十年（751），正是杨国忠当政之时，派剑南节度使鲜于仲通率兵八万，渡金沙江，讨伐南诏。南诏王阁罗凤先是求和，请大唐帝国"幸容自新"，谁知唐军不允，一定要歼灭南诏。结果南诏联合吐蕃，背水一战，竟然大破唐朝八万大军。杨国忠一方面假造捷报，另一方面到处抓壮丁，"连枷送诣军所"，逼着老百姓去云南打仗。到了天宝十三年（754）又派李宓带领二十万大军进攻南诏。 结果唐军在龙尾关（今下关）大败，二十万大军无一生还。

这就是天宝万人冢的来历。 再过一年，安禄山叛变，安史之乱爆发，大唐盛世也就告了终结。 白居易《新丰折臂翁》（戒边功也）就是写的这段历史故实。 老翁当年自断手臂，才逃过远征云南的劫难："不然当时泸水头，身死魂孤骨不收。 应作云南望乡鬼，万人冢上哭呦呦。"

菌中之王

徐霞客在《滇游日记》里，写他在鸡足山中游历，住在悉檀寺，和尚请他吃"鸡㙡"。㙡，音 zōng，指树木的细枝；鸡㙡，其实是云南菌类中最名贵的品类。因此，徐霞客吃到了山珍，还要记一笔。

比徐霞客稍早的李时珍，在《本草纲目·菜部》，特别标出了"鸡㙡"一，说："南人谓为鸡㙡，皆言其味似之也。"意思是说，这种菌类尝起来有鸡的美味。他还说："鸡㙡出云南，生沙地间丁蕈也。高脚伞头。土人采烘寄远，以充方物。点茶、烹肉皆宜。气味皆似香蕈，而不及其风韵也。"从品味的角度而言，李时珍似乎暗示，鸡㙡与香蕈（香菇）味道相似，但风韵不及。但是，李时珍所说，好像是指烘制后的干物，不是新鲜的鸡㙡。而且，李时珍的兴趣大概也不在品味，而在分类及其食用的疗效，比如说气味"甘，平，无毒"，"益胃清神，治痔"。

我不知道鸡㙡有治痔疮的功能，倒是从来就知道鸡㙡是云南最名贵的菌类，也听说滋味美妙无穷。因为以前没去过云南，没见过，也没吃过，就曾经以为鸡㙡是云南的 truffle，是块状的菌类。一直到近来才知道，鸡㙡的长相真如《本草纲目》说的"高脚伞头"，味道则类似松茸而更为鲜美。

汪曾祺曾有一篇短文，写他在昆明吃各种菌类的体会，其中是这么说鸡㙡的："这东西生长的地方也奇怪，生在田野间的白蚁窝上。为什么专长在白蚁窝上，这道理连专家也没有弄明白。鸡㙡菌盖小而菌把粗长，吃的主要便是形似鸡大腿似的菌把。 鸡㙡是菌中之王。 味道如何，真难比方。 可以说这是植物鸡。 味正似当年的肥母鸡。 但鸡肉粗，有丝，而鸡㙡则极细腻丰腴，且鸡肉无此一种特殊的菌子香气。"

我也十分好奇，为什么菌中之王是长在白蚁窝上？ 白蚁什么都吃，比广东人还厉害，桌椅板凳都吃，为什么眼睁睁看着菌中之王长在自己的窝上？ 可见人毕竟是万物之灵，吃了鸡还不够，还要吃白蚁窝上长的鸡㙡。

生也有涯知無涯

给学生的座右铭

古人讲学习，有许多精辟的话，不因久远而过时，至今仍能发人深省。

《论语》一开头，就是子曰："学而时习之，不亦说乎?""说"字，即喜悦的"悦"。朱熹解释：既然是学了，又时时习之，则能够熟悉功课，自然心中喜悦。

孔子还说："温故而知新，可以为师矣。"朱熹解释：学而时习过去所知，又能有所新得，就是从内掌握了学习之道，不是死记硬背，所以可以为人师。

假如我们认为孔子与朱熹这一脉的看法，是儒家正统的学习之道，那么，香港中小学生的死背硬记学习法，就与儒家正统看法大相违背了。有趣的是，一般人却总是指着孔子与朱熹，说香港中小学生学习法落伍，都是受了他们的害。

其实，孔子还有一段话，说得最为精辟："学而不思则罔，思而不学则殆。"意思是：学习而不思考，愈学愈糊涂；思考而不学习，愈思愈危殆。我总是拿这两句话作为批评，来形容当今中美学生学习态度的偏差。中国学生一般是死学，不动大脑，背诵了一大堆知识，糊里糊涂。美国学生则经常表达自己的想法与意见，却不肯耐心去学习，有时变成胡思乱想。假如这两种学生，都能以这段话为座右铭，有所纠偏，就更有利于学习了。

我最近给学生的座右铭不是这两句，因为怕他们觉得这是教训，引起反感。因此，选了朱熹的两句话："旧学商量加邃密，新知培养转深沉。"

如何培养子女

　　为人父母，最辛苦的就是培养子女。供其温饱，教其读书学习、掌握谋生之道，总还有一定之规可循。最令父母头疼的，是子女在长大过程中，要逐渐形成独立人格，逐渐发展特有的个性，若与父母的预期不同，则大伤脑筋。父母希望儿子做医生，女儿当教师；儿子偏要组织实验剧团，为表演艺术奉献终身；女儿则向往蓝天白云，要当飞行员，甚至要力争上游，做一个遨游外太空的宇航员。做父母的，面对子女的抱负与理想，是该衷心鼓励呢，还是要浇点冷水，提醒他们：前卫剧场当不得饭吃，宇航训练要超乎常人的特殊体魄？

　　做子女的，总会觉得父母思想保守，畏首畏尾，全然不懂什么是远大的理想。甚至会觉得是严重的"代沟"造成，两代之间存在无法逾越的鸿沟。其实，倒不一定如此。做父母的当年也是子女，也经过年轻的阶段，也有过各自的理想与抱负。为什么做了父母，对自己的儿女就不放心，就不愿意让他们海阔天空，自由飞翔？

　　说到底，是因为爱儿女。因爱而怕，怕他们会出事，会遭到打击与挫折，怕他们的生活有波折。因此，十分不放心，不敢放手。东汉名将马援，自己是下定决心要"马革裹尸"的，当然有大无畏的心胸。在《诫兄子严敦书》里，却劝诫两个侄子不要学"豪侠好义，忧人之忧，乐人之乐"的杜季良。为什么？他的理由是，学豪杰不容易，学得不好，就"画虎不成反类狗"，要出纰漏。

　　记得小时候，母亲看我们兄弟姐妹钦仰伟人名流，就时常说"只可欣赏，不可模仿"。 当时只觉得母亲自相矛盾，思想不够开放，现在知道她实在是爱我们，只希望我们平平安安过一世。 儿女能像鲲鹏翱翔天际，固然是好，能安安稳稳站在地面生活，为人父母，于愿已足。

一千两百岁

　　近来研究生物遗传的专家，已对人类基因排列大体上解码成功。更有一位英国科学家倡言，未来人类生命可以延长到一千两百岁。我有个亲戚听了大为兴奋，跟他太太说，人类前途真是不可限量，他也要发愤图强，努力活到一百四十岁，至少要接上可以活一千两百岁的新新人类。他太太说，跟你活个四五十年就够累的了。再要活，你自己努力吧。一千两百岁？那不成了妖怪呢？

　　讲得没错。爱上许仙，被法海压在雷峰塔下的白娘子，不是个修炼成精的千年蛇妖吗？有水漫金山那么大的法力，也不过才修炼了千年。要是活上一千两百岁，还不知道会出什么花样呢！

　　以公元2000年论，一千两百年前是公元800年。我们假设真有个老妖怪活了一千两百岁，今年仙逝，那讣闻该怎么写？"公讳妖怪，姓老氏，生于唐德宗贞元十六年庚辰（800），时白居易年二十九，登进士第。惟公元二〇〇〇年，白居易逝后一千一百五十四载，无疾而终。寿逾彭祖，德配天地，诚基因工程之伟绩也。"

　　公元800年，罗马教皇利奥三世正式为查理曼大帝加冕，进号神圣罗马皇帝。有人说，这是今日欧洲真正的肇始，到今天也不过一千两百年。想想这一千两百岁的一生，也的确令人心怵，因为成吉思汗诞生之日（1162），老妖怪先生已经三百六十二岁，看尽了唐朝的覆亡、五代的纷争、宋室的南迁，也看到了诺曼底大公征服了英国、十字军东征。苏东坡出生时，老先生已二百余岁，莎士比亚呱呱坠地，老先生已年近八百，可与彭祖齐寿了。

假如要写回忆录，这一千两百年的一生，怎么写得过来？就算是每年只写一页的流水账，也有一千两百页，谁看啊？

面对死亡

朋友到以色列去旅游，回来说了段趣事。他到了死海，想去试试死海的浮力。于是，去换泳装，向管理员要了个号码牌。一看，号数是 444。朋友说，他一向不迷信的，但这里是死海，又拿了个与"死、死、死"谐音的号码，心底不禁嘀咕，就坚决要求换牌。管理员问，有什么问题吗？三个 4，lucky number，不是很好吗？为什么要换呢？

朋友的处境实在困难，要"说清楚，讲明白"，谈何容易？总不能说相当于 666，是魔鬼的号码，亵渎了耶和华吧？与朋友相识近三十年了，我也清楚他一点都不迷信，不会因"四""死"谐音，而吓得不敢下水。何况，希伯来文的"死"与"四"并不谐音，中国南方的忌讳，总不至于"放诸四（死）海而皆准"吧。

由趣事想到了饶宗颐的一篇散文，说他到埃及去，看到金字塔的感想。金字塔是死亡的象征，而代表古埃及文化的《死书》，也反映了埃及人对死的关怀与研究。相比之下，中国文化似乎不敢面对死亡，不敢去认真对待死与死后的情事。

孔夫子的名言"未知生，焉知死"，饶先生觉得是"偷懒"，我觉得是逃避，而且是下意识不敢面对论点的"躲闪式逃避"。好像打躲避球一样，躲闪开了，人未出界，所以也不能判出场，不能宣判他"逃避"，说他输。然而，从思辨求知的角度来看，孔子未免狡辩，不但缺乏学术真诚，而且赖皮。更麻烦的是，后世儒家信徒奉为天经地义，或如陆游绝笔所说"死后元知万事空"，或者发展出一套文饰的理论，自命为真正的人本主义，不作人世以外的空想。 其实，关键只是不敢面对死亡，想到就不舒服。

饶先生说："人类之中，中国是最不懂什么是'死'的民族，连研究死的问题的勇气都没有，真是可笑。"话说得重，听来不舒服。 但是，面对死亡，本来就不是舒服的事。

仁者乐山

　　住处面对一座小山，山上林木葱郁。 每天早晨，朝日透过茂密的枝丫与叶丛，在客厅洒下丛丛簇簇的光影。 经常看到碧羽的小鸟，在枝头跳跃，啁啾着欢快的调子。 时不时还要在树梢之间飞窜，好像晨起锻炼，准备参加运动会似的。

　　面对着山景，朝晖夕阴，很有些闲适的联想，不禁就想起孔夫子说的："知（智）者乐水，仁者乐山。" 我坐在家里看山，看绿影变幻，看鸟飞蝶舞，看一簇灯笼花悄悄绽放，的确有无限欢愉。 然而，与"仁者"何干呢？ 我是圣贤也好，是盗贼也好，看山的愉悦难道不一样吗？ 难道非得"仁者"才能乐山吗？ 或是倒过来思考，乐山的人就可以成为"仁者"？

　　我从小就没搞清楚，为什么"仁者乐山"，又为什么"知者乐水"。 为什么不可以是"知者乐山，仁者乐水"呢？ 由直觉出发，跟着感觉走，则水引向浩渺的海洋，包容一切，温柔谦虚，才像仁者风范。（当然会有人跳出来，说这个比喻是老子的说法，姑且不论。）山则刚强屹立，顶着风雨冰霜，象征着真理不屈，才是智者的榜样。

　　然而，孔子有他的说法。《论语·雍也》："知者乐水，仁者乐山。 知者动，仁者静。 知者乐，仁者寿。"关键似乎是一动一静，于是以水动山静来比拟。 汉代包咸《论语章句》说："知者乐运其才智以治世，如水流而不知已也。 仁者乐如山之安固，自然不动而万物生焉。"《韩诗外传》也有类似的解释，不过把"仁者乐山"的道理说得更为伟大："夫山者，万民之所瞻仰也，草木生焉，万物植焉，飞鸟集焉，走兽休焉，四方益取与焉。 出云道风，嶙乎天地之间，天地以成，国家以宁，此仁者所以乐于山也。"

汉儒解经，总是在道德与政治范畴着眼，连飞鸟走兽都循宇宙间的道德律运动。 宋儒谈义理，比较切近人事关系的思考，如朱熹在《四书集注》中就如此解说："知者达于事理而周流无滞，有似于水，故乐水。 仁者安于义理，而厚重不迁，有似于山，故乐山。"好像道理说得更为圆融了。

可是，我还是要回到最基本的问题：我非"仁者"，却"乐山"，怎么解释？

启蒙读本

　　小孩上学，首先要识字。 欧美国家，先学 ABC，学会了好拼音识字。 汉字比较复杂，没法拆成二十六个字母，因此，只好从简易的字入手，如"上大人，孔乙己""人刀尺手"之类。 可是，单字总得连缀起来，组成有意义的叙述文本，孩子们才觉得有意思，而不光是单调枯燥地背字典。 如"上大人，孔乙己"就多少有些似通非通的意义，学六个单字，同时也记得孔子是伟大的圣人，前无古人，后无来者。 翻成英文，大概是：The ultimate great man, Confucius the only one。

　　可是，以笔画稀少的字，缀成文章，实在难做。 让孩童学四五画以下的单字，虽然简易好记，但说不出多少名堂，就词穷智竭了。 或许我们可以编出"下小子，才不久""井中天，三千丈"之类的文句，但孩童读来，是否能够益智，还是愈学愈糊涂，我想，负责教育改革的专家，也不敢预料。

　　古时孩童的启蒙读本，有所谓的"三、百、千、千"，即是《三字经》《百家姓》《千字文》《千家诗》。 另外还有一些解说成语典故的读本，如《龙文鞭影》《幼学琼林》之类，虽属蒙学读物，可不那么好读，恐怕今天的大学生也不一定读得通。 偶尔我会起戏谑之心，想拿《龙文鞭影》与《幼学琼林》作为中文系毕业生考试的题目，读不通，解释不清楚，就不准毕业。

　　不过，我颇怀疑，这样做的后果，大概不像陈寅恪拟入学试题，出了个"孙行者"，要学生对对子，成为学林美谈。 在今日的香港，后果可以是，学生贴大字报，教育界抗议，乃至于立法会质询调查，甚至会有人在专栏中斥为"遗毒""妖孽"之类。

近读一篇回忆清华附小的文章，讲到杨振宁读小学的时代，语文课文第一课是"大狗跳，小狗叫，大狗小狗跳一跳，叫一叫"，深感快慰，因为想到我自己小学的语文第一课，是"来来来，来上学。去去去，去读书"。前者既有对仗，又学押韵；后者甚至还学了叠字。简单有趣，也学了好些字，并未阻碍心智的发展。况且，让今天的大学生看到，心里也舒服得多。毕竟，自己的中文程度，要比这种启蒙读本高出了不少。

丑人多作怪

　　光绪间的名士李慈铭（1830—1894）写过一篇文章《猫娘传》，说绍兴城外有个老丑妇人，卖女人的衣物首饰化妆品为生，绰号猫娘。老妇又黑又丑，但每天进城贩货，打扮得花枝招展，涂满了粉黛不说，还把头发结成十多个髻，用红线缠起来，上面又插上红红绿绿的花草。举止更是装模作样，烟视媚行，掩口而笑，好像自己是绝世美女。奇怪的是，生意兴隆，衣物首饰都卖得好，赚了不少钱。

　　李慈铭不禁大为感叹，认为天下之大，无奇不有。一个又丑又老的妇人，东施效颦，居然成为风尚，创下时装化妆品的卖点。他由此引申到美丑好恶的流动性以及世人跟风心理："夫世之人，莫不好妍而恶丑。而丑之甚者，知必不可于世也，乃益假妍以自形。果以是取笑于世，而世人不之觉，已群售其丑矣。然则世之好恶，真不可恃哉！"照说，世人都是爱美厌丑的，那么丑人怎么办呢？有办法，丑人多作怪就行了。虽然难免贻笑大方，但世上的人"大方"者不多，多的是小家子气，没有能力分辨美丑的。看到丑人居然也作怪，就以为"作怪"必然是美的展现。自己总想，这个丑八怪都如此打扮，招引人们注意，我比她好看得多，打扮起来，一定可以沉鱼落雁、闭月羞花了。如此这般，"已群售其丑矣"。

　　李慈铭观察到的，虽然是清代绍兴妇女的情况，却触及了"美"的主观成分与自我感觉，是有普遍意义的。环观今天的世界，最善于丑人作怪的是日本人，就像猫娘一样，而中国台湾与香港地区的年轻女孩则像绍兴城内的妇女，美丑不分，却勇于跟风，自命"哈日"。 大陆的女孩尚未向日本看齐，也不知道是传统包袱太重，还是改革开放得不够，总之还没赶上丑人作怪这股风。 现在的中国人，一天到晚"走向世界"，但愿以后不要跟着日本猫娘走。

当然，年轻人会说，只要我喜欢，没有什么不可以。 没错，丑人多作怪，又不犯法，你"大方"，其奈我何？ 只是，每次看到短短的萝卜腿，踩在鞋跟如半尺高跷的麂皮靴上，迎风摇摆，惨不忍睹，就不免想到孟老夫子说的人之四端，特别是"怜悯之心，人皆有之"，为之凄然。

病态美

有人对病态美有特殊的感受，觉得能牵动怜惜之心，使柔情蜜意更添几分缠绵。 所以，西施心痛的颦蹙之态，令人神魂颠倒；林黛玉久病缠绵，不知吸引了多少读者的遐思。 乃至于舞台上小生小旦的扭扭捏捏，矫揉作态，都令过去的观众沉迷其中。 古人对病态美的耽溺，最受现代人诟病的，大概是讴歌崇尚三寸金莲了。 那是病态到了极致，以畸形变态为美，以扭曲反常为贵，把少见多怪转成审美的标尺，真是人类文明超越自然的伟大创造。

现在没有人再像辜鸿铭那样，赞美小脚之美了。 不过，对于扭曲变态、畸形培育的盆景，仍然是赞不绝口，甚至称颂为"巧夺天工"。 以为寓自然造化于方寸之间，化山河丛莽于几案之上。 谈起来，则说是阴阳相济，自然化生，好像铅条的束缚、枝丫的斫除，都成了枝叶生长的必要因素，不亚于阳光雨露的贡献。

龚自珍写过一篇《病梅馆记》，说到当时的文人画士，只珍爱"病梅"，主张："梅以曲为美，直则无姿；以欹为美，正则无景；以疏为美，密则无态。"乃至于："有以文人画士孤僻之隐，明告鬻梅者：斫其正，养其旁条；删其密，夭其稚枝；锄其直，遏其生气。 以求重价，而江浙之梅皆病。"

龚自珍生活在鸦片战争前夕、清帝国大厦将倾之际，当时的士大夫文人画士却陶醉在如何培育"病梅"，夭其稚枝，遏其生气。 这当然是象征笔法，不但批评时政，也批判了一代的文化风气：中华帝国的老大，不仅是疲弱，不仅是固蔽，不仅是冥顽不灵，根本是病态，还居然沉迷于病态之美。

假如一个社会只有少数几个文人画士有"孤僻之隐"，追求个人的癖好，养几枝病梅，自哀自叹，也无伤大雅，更无关大局。但是，整个社会都钟意病态，"江浙之梅皆病"，就问题严重了。难怪龚自珍会说出这样的志愿："呜呼！安得使予多暇日，又多闲田，以广贮江宁、苏州、杭州之病梅，穷予生之光阴以疗梅也哉！"

三年蒲柳

香港的大学制度，是修习三年，把规定的课程学完，就可毕业，得学士学位。固然这是沿袭英国制度，中学七年，大学三年，大学的预科在中七完成。但在实际运作上，大学里的师生都感到，中学课程并未完成上大学的预备基础，上了大学之后便时间紧迫，修习专业课程都来不及，遑论开拓学生的眼界，体会学海的浩荡风气了。因此，近来常有人批评教育政策短视，不从长期培养人才下手，只训练了一批技工、技士、技师，把大学变作了职业训练班。

龚自珍《己亥杂诗》第二十四首："谁肯栽培木一章？黄泥亭子白茅堂。新蒲新柳三年大，便与儿孙作屋梁。"自注："道旁风景如此。"这是龚自珍在1839年辞官回乡时所写，自注写道旁风景，当然是"此地无银"。他感慨的是，没有人肯种植大树，没有人愿意去"十年树木，百年树人"。放眼望去，中华帝国不是栋梁之材建起的大厦，而是"黄泥亭子白茅堂"，是不堪几番风雨的破茅屋。才种下三年的新蒲新柳，就拿来作为屋梁，为儿孙百年计，怎么可能呢？怎能不出大问题呢？

龚自珍在此讽刺的三年蒲柳，想来是指三年一度的科举考试，选拔出一批无用的庸才，无补于国计民生。然而，"谁肯栽培木一章"就是实际的大问题了。要栽大树，要培养真能经国济世的栋梁之材，就不能因循苟且，率由旧章，不能不改变科举选士的根本制度。否则，整个社会就要遭殃，就会如他批评的，"左无才相，右无才史，阃无才将，庠序无才士，陇无才民，廛无才工，衢无才商"，全国上下充斥着庸俗愚蠢之辈，却还自鸣得意。

龚自珍写《己亥杂诗》，是在清廷尚未败于鸦片战争，尚未割让香港，尚未分崩离析之时。他提出三年蒲柳的警告，却也不敢明目张胆地提出，怕被人扣上一顶诽谤朝政的帽子，只好自注"道旁风景如此"。

香港的教育出了问题，前途堪虑，倒是人人都看到了"道旁风景如此"。有此共识，或许会去"栽培木一章"吧？

神童诗

　　自宋代以来,《三字经》《百家姓》等童蒙读物就一直流行,影响了近千年的儿童教育。《神童诗》也是这类儿童读物,而且因为五言押韵,可以朗朗上口,便于背诵,流传极广,影响也非常深远。

　　《神童诗》一开头就是:"天子重英豪,文章教尔曹。万般皆下品,惟有读书高。少小须勤学,文章可立身。满朝朱紫贵,尽是读书人。"完全以功利的态度,教导孩童读书,而且把读书人的地位抬到上品,其他行业都是下等。这种观念一直影响到今天,成为大多数中国人"读书——考试——做官"的思想基础,也使得教育缺少多元与开放的精神。

　　读书求学,对儿童来说,应当是开启心灵的过程,引导他们探求知识的乐趣,让他们在接触世界时充满了好奇,充满了愉悦,充满了生机。

　　《神童诗》的教育理念,未免实际得庸俗,使孩童尚未涉世,先学了一套功利主义的目的与手段。请看这一段:"朝为田舍郎,暮登天子堂。将相本无种,男儿当自强。学乃身之宝,儒为席上珍。君看为宰相,必用读书人。"

　　再说下去,就更具体了,告诉孩童们要好好读书,好好做功课,好好考试,考试考得好,名登金榜,便能光宗耀祖:"年少初登第,皇都得意回。禹门三级浪,平地一声雷。一举登科日,双亲未老时。锦衣归故里,端的是男儿。"

　　《神童诗》说到赏心乐事,最美满的人生处境,是"久旱逢甘雨,他乡遇故知。洞房花烛夜,金榜挂名时"。这也成了挂在中国人嘴边的俗语，反映了一般人对人生幸福的解释。不但是古人有此想法，随便问问现代的中学生，也有不少的理想人生，大体与此相近。

功成名就之后，想的不是造福人群，而是如何享受生活，如何欢度良辰美景："诗酒琴棋客，风花雪月天。有名闲富贵，无事散神仙。道院迎仙客，书堂隐相儒。"真是享乐主义的极致，而且儒道相通，融合人间富贵与自然天趣。难怪中国人从小就立志读书。

中国的噩梦

《东方杂志》在 1930 年代初，向各界人士征文，请他们就"梦想中的未来中国"说几句话。结果反应很热烈，有人认真提出了救国救民的方案，有人发出了激愤的感叹，更有人以嬉笑怒骂的笔调针砭时政与社会病态。

一般而言，实业家与政治家的想象比较朴实，甚至有点贫瘠，有点公式化。如当时的外交部部长罗文干的梦想是："政府能统一全国，免人说我无组织。内争的勇敢毅力，转来对外。武官不怕死，文官不贪钱。妇女管理家务，崇尚勤俭，不学摩登。青年勤俭刻苦，不穿洋服，振兴国货。土匪绝迹，外患消除，四民安居乐业，世界共享太平。"虽然还比不上《礼运》"大同"的美景，却已经是乌托邦的小康了。

历史学家周谷城的梦想，则实际得多："我梦想的未来中国首要之件便是：人人能有机会坐在抽水马桶上大便。"的确考虑到了无产阶级的利益，唯物辩证已极，难怪有人说周教授是左派，信奉历史唯物论。

文学家的想象，通常有趣得多，有时奇兀谲异，令人叹绝。夏丏尊就说，他时常做噩梦，惊醒时浑身冷汗，"但愿这景象不至实现，永远是梦境"：

> 我梦见中国遍地都开着美丽的罂粟花，随处可闻到芬芳的阿芙蓉气味。
>
> 我梦见中国捐税名目繁多，连撒屁都有捐。
>
> 我梦见中国四万万人都叉麻雀，最旺盛的时候，有麻雀

一万万桌。

　　我梦见中国要人都生病。

　　我梦见中国人用的都是外国货，本国工厂烟筒里不放烟。

　　我梦见中国日日有内战。

　　我梦见中国监狱里充满了犯人。

　　我梦见中国到处都是匪。

夏先生希望他的噩梦永远是梦境，"不至实现"，当然是说反话，是讽刺当时的社会现实。

不过，这些噩梦有的在今天已经消失，不会再烦恼夏先生了。只是现在有编书的人，把他的名字改成"夏丏尊"，却是一场新的噩梦。

拍马屁与擦鞋

香港人有"擦鞋"之说，外地人时常不知所云，不晓得"擦鞋"就是谄媚上级，也即是一般所说的"拍马屁"。

"拍马"的意思人人皆知，但到底为什么用这种词语来表达谄媚，就很少人知道了。有朋友问我，为什么字典上没说明来历，古书里有这个词吗？我只好说不知道。查查《汉语大词典》，其中也没有这一条。

对于这个问题，顾颉刚在《浪口村随笔》里提到，在《史林杂识》中又稍作了铺衍。他认为"吹牛""拍马"都是西北地方的俗语，与当地人的日常生活有关，后来传到南方来的。他的说法如下：

> 西北地高气薄，跋涉丛山，步行辄作喘，山道尽狭，又不利行车，是以多单骑，中产之家皆畜马，视为第二生命。蒙古有"人不出名马出名"之谚，以得骏马为无上荣耀。平日牵马与人相遇，恒互拍其马股曰："好马！好马！"盖马肥则两股必隆起，拍其股所以表其欣赏赞叹之意，本无谄媚之嫌。迨相沿既久，在阶级社会中，有的人顺风承意，趋炎附势，则有不择其马之良否而姑拍其股者，曰："大人的好马！"遂流于奉承趋附之途矣。此"拍马屁"一词所由来也。

也就是说，"拍马屁"是真正的北方话，来自塞外的俗语。但流传到中原、到江南，在全国不胫而走，总该有点记载，有点踪迹，不该如"春梦了无痕"吧？长泽规矩也曾经汇编过三种明清俗话与江湖隐语的书，不知其中有没有这一条？

我手边无书没法查，还请博学之士有以教我。

不过，香港人用"擦鞋"一词，是非常现代而且西化的。那鞋，当然是西方传来的皮鞋，擦之则油光锃亮。若是中国传统的布底缎靴，则掸之可也，灰尘自去，不必去"擦"的。因此，说"擦鞋"，其中还隐含了一段殖民历史的文化批判意识，反映香港的特殊历史情况，可供社会语言学家来探究。

周有光返老还童

认识周有光先生有二十五六年了，但从未见过，是文字上的邂逅、请谒、联络。 在我心目中，周先生是胸襟开放、思想敏锐的长者，讨论语文问题总能深入浅出，切中时弊，不但有历史的宏观见地，也对中国语文的前景提出一些充满睿智的建议。

前年我买了三联书店出版的四册《语文闲谈》正续编，是他的短论辑在一起，读得津津有味。 后来听说又出了三编，可惜还未买到。 倒是近日读谭其骧先生传记，说到 1988 年，谭先生到北京拜访周先生的一段趣事，充分反映了周先生的性格。

1988 年时，周先生已经八十三岁了，精神体力都好，颇让谭其骧羡慕。 因此，谭就跟周说，十年前他脑血栓发病，大难不死，这次访友还有沾光之意："今天到你这个寿星家来，也好图个吉利，多活几年。"周有光听了，却哈哈大笑说："你错了，我只有三岁。"听得谭其骧一愣，不知老朋友葫芦里卖的是什么药。

然后，周有光才徐徐道来："我过了八十岁生日，就宣布旧的周有光死了，我已经获得了新生，新的周有光只有三岁。所以，别人过了八十岁，就在担心还能活几年，在数日子，我过了八十，却从头算起，这些年都是额外得来的，还能不高兴吗？"

要说豁达乐观，周先生这番话真是达观到极致了。《论语》记叶公问子路，孔子是怎么样的一个人，子路不知如何回答，后来孔子就教子路，应该这么说："其为人也，发愤忘食，乐以忘忧，不知老之将至云尔。"有抱负、有使命、有目标、有理想境界的追求，所以是乐观无忧的，"不知老之将至"。周有光则是乐天知命，超越了"老之将至"的担忧，返老还童了。

今年是 2000 年，所以按周先生的说法，他已经十五岁了。翩翩少年，正是孔子"十五而志于学"的年纪，风华正茂，前程似锦。还盼周先生在语文研究及教育方面，继续开创新局面。

方言难懂

不久以前有朋友寄来一则笑话,是说口音太重,让人丈二金刚摸不着头脑。 笑话虽然是编的,却也反映出某些地区方音太重,说的普通话是非常的不普通。

故事讲的是县长到村里做报告,本地的乡长也躬逢盛会,跟着讲了话。 报告会由村长主持,是这么开始的:

"兔子们,虾米们,猪尾巴! 不要酱瓜,咸菜太贵啦!"

(译成听得懂的普通话:同志们,乡民们,注意吧! 不要讲话,现在开会啦!)

县长是外地人,普通话讲得清楚,不需要翻译就能懂,从略。 县长讲完话,村长又说:

"咸菜请香肠酱瓜!"

(译文:现在请乡长讲话!)

乡长是本地人,很能话家常,开始讲了:

"兔子们,今天的饭狗吃了,大家都是大王八!"

(译文:同志们,今天的饭够吃了,大家都使大碗吧!)

村民听了都很高兴,叽叽呱呱起来,乡长又说:

"不要酱瓜,我捡个狗屎给你们舔舔……"

(译文:不要讲话,我讲个故事给你们听听……)

这个故事当然充满了故意嘲弄的意味,然而,中国各地方音难懂也是事实。 俗话说:"天不怕,地不怕,就怕广东人说官话。"老广说普通话,是不好懂,但并不是最可怕的。 陕西甘肃一带的官话,也必须洗耳恭听,结果还是有大半听不懂。以我个人经验来说,湖南人的普通话最难懂。 已故的前辈学者有两位熟识的湖南人，讲起普通话都像说希腊语。 一是上海的陈旭麓，他跟我讲林则徐，这三个字我就是听不懂，最后只好笔谈。 二是纽约的黄仁宇，有人说他的英文难懂，满是湖南口音，我则说，他的英文还算好懂的，你听听他的中文试试。

幸亏中国发明了汉字，还可以笔谈。

教学相长

　　有朋友问，你主持大学的中国文化课程，是不是信奉儒家的道理，教学生遵行传统中国文化的教条，恢复固有的文化传统？

　　碰到这样的问题，我感到难以用"是"或"否"来回答，因为这个问题貌似简单直截，却牵涉了极其错综复杂的历史传统、文化变迁、民族认同、开创未来等等重大人文因素，还涉及当今社会道德转型与未来社会形态的选择。 直截了当回答"是"或"否"，只是表明个人对传统文化的喜好与否，不能作为教育新一代的准则。

　　许多人指出，儒家道德最重要的是"修齐治平"，为中国文化提供了社会道德的基础，为传统社会的个人提供了心理秩序，因此，长幼有序，尊卑有节，多么和谐，多么美好。 这个说法形容19世纪以前的中国社会，虽然过度美化，但大体妥当，也是启蒙时期欧洲学者对中国倾慕的原因。 但是，世变日亟，进入20世纪，世界变了，中国也变了，再教学生遵奉固有的儒家信条，恐怕有些不合时宜。 因此，连信奉儒家基本道理的人都改变了说法，而有新儒家的出现，也就是要适应新时代，开创未来。

　　20世纪的中国人开始认识到个人与自我的重要，对传统农业社会以家族为秩序中心的观念，比以前淡薄得多了。 21世纪的中国人更是强调法治与民主，以公民社会的秩序为中心，再也不是儒家哲学以家族"亲亲"为主的社会"差序格局"（费孝通语）了。 我相信21世纪的中国文化，一定会提倡民主、法治与个人的基本权利，融入许多现代西方的文化因素，创造多元开放的文化空间。

要创造美好的新文化，就不能固蔽自我，不能故步自封，也不能用革命暴烈手段，搞"文化大革命"式的"先破后立"。首先，要认识传统中国文化是什么。是儒家为主体吗？是儒释道三教合一吗？是中央集权皇帝专制吗？是改朝换代停滞不前吗？是没有科学与民主精神吗？一时还真是讲不清。

教文化不是教人信宗教，教师也不是牧师或佛法点传师。讲不清还要讲，就是师生一道认识中国文化、认识自我的过程。也就是"教学相长"。

吾从周

我说中国人一向敬天法祖,把老祖宗的地位提得很高,可以与天并列。 直到西学东渐,接受了进化论观点,才开始觉得老祖宗不行,一切老土,甚至对一切与传统相关的人与事,只要牵得上"老",就感到"老而不死是为贼",最好剿灭得干干净净,以便做一个"清白"的现代人。

然而,并非只有现代人对老祖宗不敬。 春秋战国时期,天下大乱,礼崩乐坏,社会失序,出现百家争鸣的现象,许多思想家都发展了成一家之言的"批判理论"。 其中就有许多怀疑老祖宗到底高明不高明,到底值不值得崇敬。

《吕氏春秋》是一本战国时期思想的大杂烩,对各种流行当时的说法与观点都有所反映。 说到远古时期的老祖宗,就把他们写得形同禽兽:"昔太古尝无君矣,其民聚生群处,知母不知父,无亲戚、兄弟、夫妻、男女之别,无上下长幼之道,无进退揖让之礼。"既没有婚姻家庭,也没有长幼秩序,大概就像禽兽一般,发情就性交,饥饿便抢食,全不懂规矩。

连儒家经典《礼记》也有一段记载,描绘"先王之道",说老祖宗们没有宫室住,冬天住洞穴,夏天住树巢,不懂得用火,茹毛饮血,采集草木果实来吃,也不懂得织纺,穿的是鸟羽兽皮。 这与后来塑造出来的先王之道,实在太不相同,倒是更像考古学家笔下的人类祖先,刚脱离了人猿阶段,逐渐走向文明。

也许是基于类似的考虑,孔子才会对制礼作乐的周公佩服得五体投地,总想梦到周公,因为周公绝不是"知母不知父"

的人，而是个文明典范的老祖宗。 孔子说："周监于二代，郁郁乎文哉！ 吾从周。"是对老祖宗的崇敬，做了极为理性的分析，以批判的态度表示尊崇。 因为周代的制度礼乐吸取了夏与商的优良传统，文化兴盛昌隆，所以，"吾从周"，才遵从周代的典范规矩。

那么，孔子是怎么看远古时代穿兽皮住洞穴的老祖宗的呢？ 我们不知道，因为他没说。 他没说，大概是因为"文献不足故也"，搞不清老祖宗在干什么。"知之为知之，不知为不知"，所以"吾从周"。

秦王扫六合

上学期我请了黄苗子来到城市大学，为学生讲授书法，承蒙不弃，送了我好几本书。其中有一册线装的《黄苗子书古诗册》，是杭州富阳古籍印刷厂印的，古色古香，拿起来有一种怀古的温馨之感。郁风告诉我，这是用她家乡的水，以古法制作的纸，传统手工装订，算是精品了。

经她这么一说，我蓦然感到，富春江的灵气，与苗子笔端的纵横勃郁，原来有着内在的联系。这本诗册，曾经作为《明报月刊》三十五周年纪念，印制了一批珍藏本，我也曾得过一册。现经郁风这么一说，又有苗子亲笔题款相赠，顿觉不同，这大概就是艺术感染的主观能动性吧。

诗册开篇是草书李白《古风》五十九首之三，不知为什么释文印错了，变成"四十九首之三"，但无损于书法之龙蛇飞腾，虎虎生风。过去解释李白这首诗，总是强调讽刺秦始皇求仙，并暗示唐明皇慕仙为虚妄，如萧士赟所说："后之为人君而好神仙者，亦可鉴矣。"后世诗评也因此而赞颂不已。综观全诗，特别读到结尾，"但见三泉下，金棺葬寒灰"，不管你盖世功业，惊天伟绩，到头来仍不免一死，长生不老是虚妄的，可知题旨的确如此，的确是讽世。

然而，我们说一首诗好，难道只是因为主题正确，符合politically correct（政治正确）的标准吗？当然不是。否则，有些不像人话的口号诗，岂不成了人类诗歌艺术的精华？李白这首诗好，其实关键不在讽世，而在于大笔一挥，气势如虹，写出了秦始皇的盖世武功，令人神往："秦王扫六合，虎视何雄哉！ 挥剑决浮云，诸侯尽西来。 明断自天启，大略驾群才。 收兵铸金人，函谷正东开。 铭功会稽岭，骋望琅琊台。 ……"当然，令人神往的事，不见得是对人民有益的好事，不过，那就是另一个问题了，不是艺术的问题。

黄苗子的书法

　　黄苗子书法如其人，可爱得很，充满了灵气与趣味。 我最喜欢他的篆书与行楷，因为最有趣，最能反映他的艺术家风格与奇想，同时又显示了功底。 也不知道是什么原因，他的草书与隶书虽有特色，却比较没有感染力，或许是我自己审美体会有问题，不能怪别人。

　　他在《书古诗册》的小序里，谦称自己的作品是"习作"，并且说了个有趣的故事："从前有位文人把自己的一本诗集得意地请他最好的朋友看，朋友瞧了半天，调侃他说，你这本诗留在我这里，今后你如果开罪了我，我就把它公开给人看。"苗子先生有趣，因为他会自我调侃。

　　黄苗子的字有风骨，有气势，结体疏而不松，紧而不促，让我想到古人说的"密不容针，疏可走马"。 他有次跟我说，"文革"期间坐了好几年牢，狱中无事，就揣摩书法。 没有纸笔，就以指画地，心里模拟。 牢狱的建筑结构不好，时常漏雨，水就从壁缝沿墙渗下，出现各种湮染之迹。 古人说的"锥画沙，屋漏痕"，作为书法的譬喻，他是在监狱中才深刻体会的。

　　要说锥画沙，他的楷书苏轼《吉祥寺赏牡丹》："人老簪花不自羞，花应羞上老人头。 醉归扶路人应笑，十里珠帘尽上钩。"就是绝佳的好例。 每一撇每一捺都充满了力度，像极了黄庭坚，又多了几分妩媚。

　　他的楷书倒不尽是黄庭坚的嫡传，其实更接近张即之。笔势在秀丽之中显得端庄大方，像临风而立的浊世佳公子，在风檐之下展读《金刚经》，一回身却原来是剑箫随身的天涯侠客。 他的行书则在潇洒之中显出狂放不羁的性格，拙笔枯笔时见，却绝无瘦瘠之感。

黄苗子对线条很敏感，篆书的结体就成了空间结构的设计，看起来特别漂亮。 有一些装饰性的回笔，可以发思古之幽情，却没有钟鼎或石鼓的滞重，倒接近近年来出土秦简中篆书那种灵动。 我不禁想，或许先秦的篆书灵动自然才是本色吧？ 铸刻在钟鼎或石鼓上的文字，已经远离日常的书法了。而苗子的性格，是最日常最自然不过的。

火腿豆芽

　　中国人对吃特别钟爱，甚至过分沉溺，满脑子就是下一顿吃什么，到哪里去吃，好像生命的目的就是有得吃，生活的意义就是吃得好。　虽然孔夫子已是"食不厌精，脍不厌细"，给后人做了借口与榜样，但是，后世吃得穷极奢侈，花样翻新，层出不穷，毕竟不是"内圣外王"之道。

　　读史书，说西晋太傅何曾"日食万钱，犹日无下箸处"。其实就是好东西吃得太多，吃腻了。　不要以为"日食万钱"只是比喻，以"万"喻其多。　何曾的儿子何劭"食必尽四方珍异，一日之供以钱二万为限"，比老子多花一倍的菜钱，也不知道吃的是什么山珍海错？　当时的记载有许多珍异食品，如猩唇、熊掌、豹胎、象鼻之类，大概都成了珍馐，上过何家的餐桌。　时常听人说中国不产象，我心里就想，古代很多的，都给中国人吃光了。

　　山珍海错吃腻了，就要吃花样。　一种是强调"色"，要好看，还不是普通的好看，而是上一席精雕细琢的看菜。　如唐中宗时的宰相韦巨源设烧尾宴，就有一道"看席"：素蒸音声部。　是素蒸的面食，却像捏面人一样，捏出七十个人的乐舞场面，有吹拉弹唱的乐工，也有翩翩起舞的歌伎。　二是清淡而有滋味，斋素犹胜鱼肉。　用日常简朴的原料，做出胜过山珍海味的佳肴，当然更是费尽心机了。

城市山林

前几天我请饶宗颐先生写字，题署"城市山林"一方匾额。饶公问写了做什么，我说城市大学有面山坡，稍有园林之景，打算略为改建，叠山理水，仿苏州园林之幽致，在城市之中置一片山林。饶公说好好，城市大学地处九龙塘闹市，本来就有山林之胜，题写"城市山林"倒是妥切。

我想到"城市山林"一名，一方面固然是实写景色，在城市大学中添一片山林，另外也是有典故的。北宋时期苏舜钦罢官南迁苏州，在郡学（今天的文庙）旁边买了一片环水的丘阜，建了沧浪亭。得意之余，写了一首诗《沧浪亭》，开头就是："一径抱幽山，居然城市间。"因此，城市山林，就是中国园林的意趣，把山林的清幽引进城市，围园造境，让人虽然生活在城市（或说城市大学）的喧闹之中，还能得到几分清静与空灵，差可体会陶渊明的诗意："结庐在人境，而无车马喧。问君何能尔，心远地自偏。"

明末陈继儒《小窗幽记》卷六谈"景"，谈的是风景与心境的关系，其中有一段是这么说的："山曲小房，入园窈窕幽径，绿玉万竿，中汇涧水为曲池，环池竹树云石，其后平冈逶迤，古松鳞鬣，松下皆灌丛杂木，茑萝骈织，亭榭翼然。夜半鹤唳清远，恍如宿花坞间，闻哀猿啼啸，嘹呖惊霜，初不辨其为城市为山林也。"讲的是居住城市之中，在山坳筑间小房，有山林之胜，有丛竹，有水池，有松风古意，有亭榭栖迟。还有鹤唳之声，让人心生清远幽思。城市大学的山林，虽然没有鹤唳，倒是不少鸟啭，啁啾之韵，也颇悦耳。

香港人称城市为"石屎森林"，实在不好听，比台北人叫的"都市丛林"还粗鄙。 或许有人说，实况如此，这是写实主义。 说得没错，我也不至于糊涂到称香港为世外桃源或阆苑仙境，不过，我想城市中有片绿地，有片依山而建的园林，可以透透气，坐在亭中看山，倚着水榭观鱼，总是美好的生活情趣。 有片城市山林，总是好事。

中国文化精髓

讨论中国文化的人，时常要点出文化的精髓，想把四五千年的文明发展浓缩到一两句话，或一两个人身上。如此，"典型在夙昔"，青年学子有楷模在前，便好学习，道德便有依归，文化就会复兴。

有人说，中国文化的根本就是儒家精神；再往高处说，就是孔孟之道；再简约，就是孔夫子；再提纯，就是"夫子之道，一以贯之"。问题是，我们能这么教现代年轻人吗？能跟他们说，学好了"一以贯之"，就万事大吉了？要是学生问什么是"一以贯之"，你能回答说，"忠恕而已矣"吗？

还有人说，中国文化博大精深，包罗万象，其精髓就是包容性最广最大。以前是儒释道三教合一，现代则可儒、释、道、基督教、伊斯兰教、印度教、犹太教以及一切信仰，万教归宗，天下太平。只有中国文化有这种开放的胸怀，融合冲突与矛盾，提供和平安详的话语场域。我总觉得这种说法十分天真可爱，充满了无可救药的乐观精神与宗教情操，不过，听起来又像有人提倡的"真善忍"，似乎简易平常，似乎人人能做，似乎天国在望，却也难免有"教民以愚"之讥。要是学生问，我不想让你包容，不想让你合一，只想保留我自己的个性与想法，你是否愿意"包容包容"，而不坚持"合一"呢？基督教与伊斯兰教打成一团，你又如何包容、如何合一呢？假如只是讲空话，谁不会呢？冰岛国民不也会说，冰岛文化博大精深，包容性大吗？你要在冰岛宣扬儒家精神、中国文化，冰岛国民一定会包容，不是吗？

中国文化的精髓是什么？老实说，我回答不了这问题，倒是想到了陶渊明的《读山海经》十三首，一开头是："孟夏草木长，绕屋树扶疏。众鸟欣有托，吾亦爱吾庐。既耕亦已种，时还读我书。"夏日绿荫满树，鸟声啁啾，回到自己家中，温饱之余，读读《山海经》。仰不愧天，俯不怍地，不卑不亢做人。这也是中国文化吧？是不是精髓，我不敢讲。这样的文化精神与境界，倒是令人向往。

骸骨的迷恋

最早读到郁达夫的诗词，是将近三十年前了，一位学化学的朋友介绍的。这位化学家朋友，和郁达夫一样，也是个"骸骨的迷恋者"，只是他迷恋的更为古远，是甲骨文。

那一年饶宗颐先生到耶鲁来讲学，化学家大概是有了"穆罕默德走向山"的感动，日夜勤习甲骨文，在实验室的酒精灯前展读的，居然是《观堂集林》《甲骨文综释》之类的著作。好像那些镂刻在龟甲牛骨残骸上的符纹，竟比精密测量的化学实验更有科学的魅力。他跟随饶公左右，夫子步亦步，夫子趋亦趋，像一个虔诚的道童，侍候仙师，在九转炉前，炼制通解天地奥秘的灵丹。

朋友知道我写诗，就问我读不读郁达夫。郁达夫？写《沉沦》《春风沉醉的晚上》的郁达夫？朋友说，不是小说，是旧诗词。我说从来没读过。几天以后，朋友拿来一本薄薄的、淡绿封皮的小册子，是香港排印的《郁达夫诗词》。我始终没问他，为什么会读郁达夫诗词，是饶公指点，还是与骸骨迷恋有关？但却读了起来，觉得蛮有味道的。

郁达夫在《骸骨迷恋者的独语》一文中，说自己不写新诗的原因是："像我这样懒惰无聊，又常想发牢骚的无能力者，性情最适宜的，还是旧诗。"这当然是言不由衷，潜台词则见于他对苏州园林进门狭窄、园内轩敞的观察："为唤醒观者的观听起见，用修辞学上的欲扬先抑的笔法。"

其实，郁达夫对自己的旧诗，是十分矜爱的。曾举赠内诗为例，说新诗就难以表达其感情意蕴："生死中年两不堪，生非容易死非甘。 剧怜病骨如秋鹤，犹吐青丝学晚蚕。 一样伤心悲薄命，几人愤世作清谈。 何当放棹江湖去，浅水芦花共结庵。"

我虽觉得郁达夫时有佳句，但嫌他有一种旧文人的酸气，似乎总是在迷恋自己的骸骨。 如抗战爆发时写的，"国破家亡此一时，侧身天地我何之？"好像迷恋上了自伤自嗟，存在也就有了意义。

痖弦的异国情调

痖弦时常说，他的外国文学知识，一开始是一知半解从译作而来，但因兴趣浓厚，对生涩的译笔在囫囵吞枣之际，反而产生了新鲜的文字疏离感受，对中文达意的隔绝层次有了诗的体会。 这未尝不是会错意之后的意外收获，显示了文字传达的多重意义与认知的多元可能性。 他还讲了个不是笑话的笑话，说是读海明威小说读到的译笔：女人说，啊，这是好的毁坏，请再毁坏我一次吧。 他当时深有感受，觉得简直是神来之笔，充满了异国情调，都记在笔记本上了。

我告诉他，我中学时读他写异国风情的诗，特别是《耶路撒冷》《巴黎》《芝加哥》《印度》等首，也是联想翩跹，自以为体会了真正的异国情调。 后来想想，诗人从未去过这些地方，都是想象出来的诗情，是虚构的异国风情，而我从他的想象世界出发，更想象出一种异国情调的真实感受，真是幻中之幻，假到真时真亦假，比当今的虚拟现实还要高出一筹。

我还记得《耶路撒冷》里的句子："小小的十字星，在南方／以撒骑驴到田间去／去哭泣一个星夜／去默想一个星夜／小小的十字星，在南方。"耶路撒冷我没去过，所以，只好以此为印象了。 但巴黎的风情我是熟悉的，虽然所见所闻与痖弦的诗境不同，却不敢说诗中写的不是更深一层的巴黎："你唇间软软的丝绒鞋／践踏过我的眼睛。 在黄昏，黄昏六点钟／当一颗殒星把我击昏，巴黎便进入／一个猥琐的属于床第的年代……在塞纳河与推理之间／谁在选择死亡／在绝望与巴黎之间／惟铁塔支持天堂。"

我十分熟悉的芝加哥，在他笔下："在芝加哥我们将用按钮写诗，乘机器鸟看云／自广告牌上刈燕麦，但要想铺设可笑的文化／那得到凄凉的铁路桥下。"常住芝加哥的人，绝不会以为在铁路桥下铺设文化有什么可笑，因为芝加哥的文化活动大体上是在 loop（环市中心的高架铁路）一带进行，而且很繁荣出色。

不过，诗只是诗，不是社会调查报告。

《如歌的行板》

也不知道为什么，痖弦的诗我喜欢念，而最常念的一首是《如歌的行板》。我说念，不是坐在书桌前面念，躺在床头拥衾而念，而是在大庭广众之前高声地念，也即是朗诵。每次有诗歌朗诵的场合，人们知道我还有个笔名，也写诗，要我朗诵的时候，我便先宣布不会朗诵，只会念，再说不念自己的诗，要念一首别人的，而那一首经常就是《如歌的行板》。

痖弦听说我在纽约念他的诗，表示十分感激，大概当我是知音吧。我心想，你没怪我侵犯知识产权，让我板滞拖沓地念《如歌的行板》，我想感激还来不及呢。可见诗人的胸怀到底不同，完全没想到别人欣赏也可能产生的负面效应。

其实，痖弦的诗，我最喜欢私下念的，不必念出声的，还是《深渊》。如这样的句子："这是荒诞的；在西班牙／人们连一枚下等的婚饼也不投给他！／而我们为一切服丧。花费一个早晨去摸他的衣角。／后来他的名字便写在风上，写在旗上。／后来他便抛给我们／他吃剩下来的生活。"再如："哈里路亚！我仍活着。／工作，散步，向坏人致敬，微笑和不朽。／为生存而生存，为看云而看云，／厚着脸皮占地球的一部分……／在刚果河边一辆雪橇停在那里；没有人知道它为何滑得那样远，／没有人知道的一辆雪橇停在那里。"

可是要朗声而念，《深渊》就太长了，难以一气读完。或许这是我总是念《如歌的行板》的一个原因吧。

我每次念，当然都不"如歌"，但尽量以舒缓不迫的调子，从容念来，倒也不费劲："温柔之必要／肯定之必要／一点点酒和木樨花之必要／正正经经看一名女子走过之必要／君非海明威此一起码认识之必要／欧战，雨，加农炮，天气与红十字会之必要／散步之必要／溜狗之必要／薄荷茶之必要……"念着念着，我就游荡于海明威的战地春梦及台北的西门町与淡水河之间，感到了现代诗文字跳跃之必要："而既被目为一条河总得继续流下去的／世界老这样总这样：——／观音在远远的山上／罂粟在罂粟的田里。"

陈映真的新小说

好多年没见到陈映真了。

记忆中，上次见面是个湿漉漉的阴雨天，在台北。 是冬天还是夏天，已经记不清了，只记得阴阴湿湿的，或许是冬天吧？ 记忆是湿湿冷冷的，气氛是落寞的，虽然并不感伤。 他说，我送你回家吧，我们同路。

我没跟他说我是他小说的最忠实读者，每篇都翻来覆去地看，倒是向他泼了一桶冷水。"你的理论文章实在不好看，而且也没人看，写了干什么呢？ 还是回来写小说吧。"他倒没有不愉之色，只眨了一下眼，用一贯低沉的声音说："有些理论问题还是得说清的。"我不以为然，搬出"所辩非人乃失言"的老话，劝他少谈主义，多写小说。

送到我家巷口，关上车门之际，他认真地说，小说还是会写的。

这一别就是好多年了。 直到几个月前，才有朋友告诉我，陈映真写了好几篇小说，很不错的。 我找了半天，才从聂华苓那里借到，原来刊载在很不好找的《人间》丛刊上。一共看到三篇：《归乡》（1999 年秋）、《夜雾》（2000 年秋）、《忠孝公园》（2001 年春夏）。

这三个短篇写得很好，而且一篇比一篇好，除了少数地方有点文字的滞凝，像是久不动笔的生疏，让人稍嫌不够圆熟之外，很难想象，能写出这样深刻的文学作品的手，居然经年累月，花了大多数时间去撰写枯涩的殖民主义谬说批判。

第一篇的笔调比较淡，诚挚的文字重申了作者的人道主义信念，读来感到狂风暴雨之后，不是满天阴霾，而是云淡风轻的真淳。 第二篇颇似鲁迅的《狂人日记》，然而结构更为谨严，透露了作者对专制权威的鞭挞，却展现了陈映真特有的对人物的理解与宽容。 第三篇是中篇的架构，呈现了两个被时代捉弄的人生，揭示权力机器如何腐蚀人性，如何蒙蔽人性善良的一面。 这是一篇力作，似乎可以发展成长篇，补足一些叙述的苴缝。

下次见到陈映真，要劝他写长篇。

时代曲与流行歌

应朋友之邀，参加了一场书刊发布茶会，也买了一本新书《时代曲的流光岁月（1930—1970）》。"时代曲"这称谓，很有趣，很时髦，很摩登，很现代主义。其实呢，就是都市的流行歌曲。

翻翻内容，看到了久违的歌坛明星，周璇、李香兰、葛兰、凌波，都与我少年时光有关，是记得的。书中还有一些灿烂辉煌的大歌星，则懵然无知，听都没有听过。显然，是我孤陋寡闻，对往日的流行歌曲十分隔阂，在当时没能赶上时代的巨轮，不曾洗耳恭听，等到"时代曲"的时代过了，曲终人散，记忆里连一丝星芒的痕迹都没留下。这也使我憬然醒悟，记忆里还留存的歌坛明星，其实都是电影明星，还记得，是因为看过电影，影像的留存多于声音的记忆。

研究通俗文化的朋友，一定很不满意，而且可以从两个方面对我提出批判：一是，明明生活在那个时代里，居然对当时流行的、代表人民群众喜好的"时代曲"一无所知，岂非"自绝于人民"？二是，假如是完全脱离时代，"两耳不闻天下曲"，也就罢了，为什么却又两眼看过时代流行的电影？

对朋友的批判，我衷心接受。只能承认年幼无知，没有文化批判的能力，当时只喜欢看电影，不知道时代的靡靡之音，原来扮演着文化传承的伟大使命。为了表示悔悟的诚意，这里也做一番彻底的交代，算是"灵魂深处闹革命"的自我检讨：

我小时候音乐知识很差，受的时代风气影响，是父母师长

"封、资、修"的毒素，厌恶流行歌曲，只会唱政治歌曲与古典名曲。 又因同学的不良影响，"崇洋媚外"，英文还不通，就听 Elvis Presley、Nat King Cole、Ray Charles 与"披头四"。 后果当然很严重，就是完全不清楚"本土"的靡靡之音，完全不知道这一批歌坛当红的时代曲明星。 现在买了这本书，要好好研读，以补前愆。

扬名海外

在报章杂志上，时常读到某某戏剧团到国外献演，扬名海外，受到国际人士的推重。有的报道甚至专访某位演员，说她（奇怪的是，经常是女性）如何通过在国外的演出，使得洋人醉心中国戏曲，弘扬了中华文化。

这些报道大多属实，不过，"扬名海外"与"国际人士"的定义，却与我们一般的认知不同。"扬名海外"，不是指在国外有了赫赫名声，一般的外国人都知道；而是说，在国外演出过一场或几场，名字打出去了，或至少是海报贴出去了。至于"国际人士"，则指不是华裔的洋人；若用香港的情况打比方，菲佣都可算作"国际人士"，只要她们也肯坐进剧场看戏。

或许有人会问，这不是挟洋以自重，到海外镀了层"锡"，回来唬自家人，说自己是镀过金的？其实，我们还应再往深一层去问，为什么很少有人去想，"镀金"不是在表面饰上一层假象，而内里是不值一观的质地吗？镀金就是假冒，就是伪饰，怎么拿来炫耀骄人呢？中国传统戏曲艺术，要完全不懂行的洋人称赏，就能在海外"弘扬"中华文化？

谷崎润一郎曾说，明治维新之后日本人极为崇洋，对最早在欧美享有盛誉的歌舞伎演员团十郎佩服得五体投地。不是佩服他的表演艺术，而是佩服他能扬名海外。谷崎小时就时常听到这样的话："团十郎真了不起呀！提起团十郎，名声远播到西洋。听说团十郎打个喷嚏，那边的报纸都会登出来。"这当然是自欺欺人之谈，但却满足了一般小民对自己民族文化的自豪，说来也颇可怜。

谷崎是懂歌舞伎的，对传统表演艺术有着挚切的钟爱，但他不太赞成向外国急切宣传，因为时机未到，洋人还没有充分理解的基础。在海外真能扬名的，当时（七八十年前）只有河合舞蹈团、宝冢剧团等等，就像这二十年来中国"扬名海外"的杂技团之类。他建议，传统剧首先"必须牢固地扎根于本国国土"，有了适当机会，才到国外献艺。不要一心想着扬名海外，载誉归国。

谷崎所说的情况虽是七八十年前的日本，对今天的中国人，还是有借鉴之用的。

人生道路

近来接获一位青年来信，要我指点他人生的道路。 信中说他前途茫茫，不知道该怎么办，请我为他指明一条出路。

收到这样的信，我真是诚惶诚恐，不敢回应。 这位青年问的，不是单纯的知识问题，像李白到底是不是中亚人啦，《永乐大典》的原本是不是藏在嘉靖皇帝的陵墓里啦，郭店竹简是否改变了我们对儒家传承的看法啦之类。 他问的是，青年人生活在 21 世纪初的香港，感到迷茫与不安，看不到前途，不知道该怎么活，请我指点迷津，告诉他走什么路、怎么活。

我不敢回应，不是不理，是没有资格谬充青年导师，不敢乱开济世救人的药方。 人家把生命的前途交给你了，要你指路，你敢随便指着东方，说"去吧，孩子，那是太阳升起的方向"吗？ 世道艰难，前景黯淡，我既不会星气之占，又不会术数之学，更没有未卜先知的本领，凭什么告诉这位青年，人生道路该如何走？ 何况我并不知道他企盼的人生究竟是什么。

因此，没有回信。

过了不久，又收到他的信，锲而不舍，还是要我指点一条明路。 我虽然坚决不肯谬充导师，却有点好奇：要我指点什么道路呢？ 求职之路？ 吾不如职业训练班。 发财之路？ 吾不如理财专家。 衣食住行之道？ 我只是个"心不在焉的教授"，不通世事的。 于是，问他究竟要我指点什么。

又来了信，说不知是否该"读书进修"。 我总算舒了口气。 谈读书，我是会的，而且大概也是我唯一会的技能。

其实，"读书进修"能否解决人生道路问题，我是很怀疑的。但是，读书进修的确能让人开窍，能独立思考，想清自己想要什么，倒是有点"实用性"。不过，还没开窍，就花钱报读各种职业训练班，恐怕也只是破财消灾，得点心理安慰之举。

最后，我给了以下的建议："你可以先来旁听城市大学中国文化中心的各种名家讲座，再决定如何读书进修。因为是公开免费的讲座，就不至于'破财'，但是，要特别注意，不可'三天打鱼，两天晒网'，以为免费就可随便。假如能持之以恒，上半年的课，风雨无阻，半年之后，你应当比较清楚人生该怎么走。"

人生道路不容易，没有捷径，也只能自己走。

目送归鸿

编辑告诉我,"城市新语"这专栏,过了农历年就要停了。 我通知本栏的其他几位作者,张隆溪、周振鹤、葛兆光,大家都舒了口气,说总算解脱了,可以自由自在读书写作,不必再背这七八百字的枷锁。 那口气就像陶渊明不为五斗米折腰,写《归园田居》第一首的结尾:"久在樊笼里,复得返自然。"

这就让我想到,我们这几个写手(不敢称作家)都是皓首穷经的书呆子,在古籍中得与古人神交,自得其乐,其实和苏东坡一样,是一肚子的不合时宜。 不过,自得其乐就不容易,居然也想"经世济民",为人民服务,"独乐乐孰与众乐乐",让自己的快乐与读者分享。 或许这种阳春白雪的乐趣,就跟阳春面一般素雅清淡,也是不合时宜的。

嵇康有《赠秀才入军》组诗十八首,写给他哥哥嵇喜,其第十四首:"息徒兰圃,秣马华山。 流磻平皋,垂纶长川。 目送归鸿,手挥五弦。 俯仰自得,游心太玄。 嘉彼钓叟,得鱼忘筌。 郢人逝矣,谁与尽言。"可以引在这里,向读者致意。

诗写的是秀才从军,自有其独特的情趣与风范,不是"只解弯弓射大雕"。 你看,这位文质彬彬的武将,让随从的军士在长满兰草的园圃中徜徉,在遍地鲜花的山坡上牧马。 他自己在辽阔的平野上弯弓射鸟,在蜿蜒的长河上垂钓。 看归鸿远去,情不自禁弹琴自娱,自得其乐,与大自然无违无忤。中国人理想的生命自由状态,所谓"渔樵耕读",强调的不是职业分工,而是超越世俗现状的性灵提升,得到高一个层次的生命和谐感，也就是这里说的"游心太玄""得鱼忘筌"，关键是得到了本质上的人生体会（得鱼），不必再去计较捕鱼的竹笼是否该换成钢丝。

郢人典故出自《庄子》，是说郢都有人把白土粘在鼻上，让大匠挥斧一劈，刚好削去白土而不伤其鼻。后来宋国国君请大匠表演此技，大匠说，郢人不在了，没有了大无畏配角，无法再试。

读者不在，我们也不写了。只好自得其乐，手挥五弦，目送归鸿。

曲终奏雅

打电话通知葛兆光，说我们的"城市新语"要停刊了，到年关为止。不知是否和香港的经济衰退有关，百业萧条，年关难过，专栏也得关门大吉。兆光说，你得写篇文章，曲终奏雅。

没错，是得有始有终，曲终奏雅。

一般人说"曲终"，总是说曲终人散，演奏完毕，听众离席散去，有点无可奈何的萧索气氛。唐代钱起的《湘灵鼓瑟》一诗有句"曲终人不见，江上数峰青"，据说是江青取名的来由，雅则雅矣，却并不是个好兆头。

"曲终奏雅"的典故比较复杂，说来话长。《史记·司马相如列传》的太史公评："相如虽多虚辞滥说，然其要归引之节俭，此与《诗》之风谏何异？扬雄以为靡丽之赋，劝百讽一，犹驰骋郑卫之声，曲终而奏雅，不已亏乎？"这是批评司马相如的文辞，有虚饰华丽的倾向，后来虽然逐渐归于正道，却像乐曲到了终结之时才展现雅音，而以前的作品则有淫靡的瑕疵，难免要受到指摘与批评。因此，曲终奏雅，虽然说的是完美的结束，也就是现代新文艺喜欢说的"画上完美的句点"，也不讳言以前有些缺点。不过，这个典故用到后来，已经脱离了扬雄批评司马相如的背景，只强调"完美的句点"，倒成了有褒无贬了。

梁章钜《归田琐记》的"典史"条，说典史这种官，其实是不入流的，只不过是古代的吏，却往往作威作福。他引了当时嘲讽典史的小令（也是顺口溜）："一命之荣称得，两片竹板拖得，三十俸银领得，四乡地保传得，五下嘴巴打得，六角文书发得，七品堂官靠得，八字衙门开得，九品补服借得，十分高兴不得。"梁章钜评这首小令："曲终奏雅，则非但雅谑，而官箴矣。"就是说最后一句写得好，有画龙点睛之妙。

"城市新语"写到了终结，写手们倒十分高兴，没有了明年的负担，快快乐乐过年。 值此岁暮之际，祝读者开春新喜，大吉大利。

曲终奏雅，不是吗？